我们的城市

飞行酿酒师

须一瓜 等著

上海文艺出版社

编辑说明

中国文学进入新世纪以来呈现出全新气象,随着城市化进程的加速,以城市生活、城市经验为题材的小说作品大量涌现;许多作家也敏锐地洞察到这一点,尝试在他们的小说作品的叙事方式和创作理念上转型。可以说目前正是中国城市文学作品的蓬勃发展期,有鉴于此,我社拟出版「我们的城市」短篇小说系列丛书,为中国城市文学的发展再助推一把。

这是一套旨在反映中国城市文学在当下的变化和发展的丛书,所选作品主要是最近几年来的原创短篇小说。这套丛书在编选原则上,力求在观念上与时俱进,有所创新,按照城市文学在题材上所呈现的生态面相,分为八〇后、边缘人、欲望都市、情爱、旅途等主题,以此来展现我们的城市各色人群生存的情状与困惑、疼痛与遭遇。

我社拟先推出第一辑共五种。其他的主题待酝酿成熟后,再择机推出。我们希望这种尝试能够给当下中国城市文学的出版带来一些新意。

上海文艺出版社
二〇一六年三月

目录

001	过户	梁晓声
025	飞行酿酒师	铁凝
041	唱晚亭	叶广芩
073	深圳在北纬 22°27′~22°52′	邓一光
097	今夜你去往何处	范小青
115	姚莲瑞女士在等待中	李亚
145	空房	郑建华
167	丰满的一天	须一瓜
203	托斯卡纳	吕魁
231	热得快	刘文华

过 户

梁晓声

"白刀子进去,红刀子出来!……"

从进入区建委服务大厅那一秒钟起,以上两句话便萦绕在他头脑之中,像某些车辆的倒车音响。只不过,除了他自己,别人听不到的。

一个人专执一念要杀死另一个人的时候,杀人这一件可怕之事往往变得不怎么可怕了,不过就是一件非干成不可的事了。每一个伺机杀人者都想将杀人之事进行得顺利又迅速,他也如此。至于后果——那时后果一词是不存在的。

他肩挎旧的帆布书包,草绿色。上世纪八十年代以前的中学男生们,几乎人人都是背着那种书包上学的。上世纪九十年代以后,那种书包和"解放"牌胶鞋一起,渐渐淡出人们的视野。现在,那么一种书包已经不太容易见到。不知这个二十六七岁一心想要杀人的人,何以竟有。他那书包还没破,但结实的帆布洗薄了,褪色了,接近鸭蛋壳的颜色了。书包带的放收卡子居然还起作用,他将书包带放到了最长的程度——这么一来,书包就贴着他的右胯了。那样的高度,使他的右手可以极快地伸入书包里。他已将叫做"书包盖"的那一片布掖入书包内了，为了使右手能像伸入兜里那么方便地伸入……

其实此刻他的右手就在书包里，握着一把尖刀的柄。都握出汗了。而书包里，除了那一把尖刀，再没别的东西。尖刀连柄一尺左右，刃长足可刺穿任何一个人的心脏；只要刺得准，即使对方是一个胸肌发达的壮汉。

他非杀死不可的人不是壮汉，而是一个身材单薄的男人。与他年龄相仿，银灰色的短袖工作服下，显然并无胸肌可言。对方不幸成为他非要伺机杀死不可的人却浑然不知，这使他达到目的之信心十足。坐在服务台内的对方，上身微微前倾，专注地看着电脑，双手置于键盘，指尖不停地点动。他的胸牌上是"8"这一数字。服务台外排着十几个人，分明的，皆嫌对方审办得太慢，但又都不敢说。甚至，连嫌慢的表情也不敢有丝毫流露，于是每个人的表情都显得凝重。

这可不是在排队办交通卡。

也不同于排队买债券。

与二手房买卖过户这一件事相比，别的什么办事排队，反倒该算是愉快的了。

"八号"负责审办的是最后一道手续。对方再盖下几次章，排队的某人便可接回多份表格、合同、公证书之类，转身去付各种税，接着去领住房产权证了。直至紫红色的产权证拿在自己手中为止，不论买房的还是卖房的，都是不敢掉以轻心的。因为不知在哪一个窗口，由于哪一方面被指出了问题，往往当天就过不成户了。而人们特别是买方的人们，全都惟恐当天办理不成。按说早一天晚一天的也不该成为什么大不了的事，但近半个月来，提高这种或那种税收的传闻日甚一日，皆怕房产尚未过户到自己名下，某个早晨一觉醒来，竟得多花

过　户　│　003

不少钱。买二手房的，基本上都是刚性需求，而且不是富人。对于富人，早已没有什么再是刚性需求的东西了。刚性需求这一概念，对于穷人和半穷人的人才更确切。据说，某几种税额往上调了以后，一套建筑面积一百平米的住房，大约要多交十来万呢！这对于他们是一个相当不好的消息，所以仿佛都在和时间赛跑。以前，这区一级的建委服务大厅，只有星期六和星期日才人多。而现在，每天都人满为患了。以至于尚未开门，一大早门前就排起了长队。开门不久，门两旁便有保安把守着了，只准出不许进。出的人多了，才一次放入几个。对于刚性需求的人们，不好的消息不仅仅是税额将往上调，还有房价继续涨，贷款利率也要恢复到以前的高位；二手房交易量于是大增，当然，建委交易服务大厅也就人多得像进行大甩卖的超市了。还有一个情况也是使人多起来的原因——一半左右的人们之间交易的是所谓经济适用房。这一半左右的人们之间的六七成人，又是在房主买房后不到五年的期限内与之进行交易的。按有关方面的规定，经济适用房五年之内不得进行交易。非进行交易不可的，就是不当交易，不当交易是不受法律保护的。那些经济适用房最初的价格才每平米两千几百元。房主们觉得机不可失，纷纷出手。不满五年，想要正常出手也没法正常出手，于是买卖双方和中介公司达成默契，办理的是一种房产抵押手续。买卖关系变相成立，却要等到五年期满之日以后，双方再互相配合着（这一种配合主要是卖方对买方的配合），一同来到这里，将房产抵押手续转办为过户手续。又据说，凡这般以押代售，在五年期限以内进行的变相交易，审办时将会特别严格。哪怕从表格中发现微小瑕疵，都可能会被打回原形，当场宣布交易不当，予以取消那一次交易资格。虽然此种情况尚未发生一例，但买房的人们全都相信，坊间的种种说法大抵不会是空穴来风。也正因为还没发生一例，那样一些买房的人们反而更加心虚、更加恐慌，谁都怕第一例偏偏发生在自己身上，使自己成了不当交易的典型。只要房子买成了，是那么一种典型就是那么一种典型吧。现在的中国人什么没见过呀，谁还把成为那么一种典型当回事儿呢！可是一旦成了那么一种典型，刚性需求者的房子八成就买不成了。因为近半年来，不管国家出什么政策，叫作"重拳"也罢，"组合拳"也罢，猴拳虎拳蛇形雕手也罢，房价非但一点儿没降下来，倒猛涨了一倍！一年半以前还七千多元一平米的二手经济适用房，居然涨到一万四五千元一平米了！明摆着当初买到了便宜房，哪一个买主不想赶紧过完户，早日拿到写有自己名字的房产证啊！可明摆着当初卖便宜了，哪一个卖主不后悔呢？从后悔到反悔，不是最好能有个正当理由吗？还有什么别的理由，比成了不当交易的典型是更充分的理由呢？不当交易吗？那么算了，我不卖了。不是我不想卖了，是这一次想卖也卖不成了呀！如此这般的反悔，买方再是个不好对付的人，那不是也干没辙吗？

所以，那些个陪着买房人来的卖房人，其心理与买房人截然相反。他们配合买房人前来办理过户手续，是碍于"诚信"二字，不得不按照合同的要求而来；其实个个都来得极不情愿。明明能卖高价的房子，只因自己当时出手太急，特便宜地就给卖了，能情愿地前来配合着办理过户手续吗？事关金钱利益，如今的中国人其实很腻歪"诚信"二字的。可不知为什么，又比以往任何一个时代的中国人都要面子。以往一些时代的中国人，尤其中国古人，一旦爱起面子来胜过爱爱人。是女人的真爱起面子来也那样。别说爱面子胜过爱爱人了，甚至胜于爱自己的生命。对于他们和她们，那真是——生命诚可

过户 | 005

贵，面子价更高；若为面子故，什么都可抛！现如今的中国人，爱面子却是爱得特虚伪特不实在的。在现如今的中国人中，其实已找不出几个真爱面子的了。有时某个当今的中国人被认为是个很爱面子的人，其实他表现得很爱面子的时候，只不过是"碍于面子"。这种时候，人其实又是特别憎恶自己的面皮的。内心里的真实想法是——人要是能活在现代的社会里，过着现代的生活，享受着一切现代性，却又全都还像原始人一样，根本没有什么面子问题不面子问题的可顾虑，那他妈的该是多么的好！

一个有观察力的人，仅从服务大厅里的人们的脸，差不多就能将一半左右的人进而又分成两部分——买房的和卖房的。买房的人都在各个窗口排队，或在伏案填表格。他们脸上，多少都有种心虚的、忐忑不安的神色。如将表格填错了甚而又填错了，他们内心里的烦躁便难以掩饰。是男人且吸烟的，往往会离开大厅，去到外边吸几口烟，待烦躁被尼古丁压下去了再进来。而排到了窗口的，原本忐忑不安的心情更加剧了，隔着铁条护栏，盯视着审办员的脸，无不显出平心静气的样子。如果审办员对他们的表格看得时间长了点儿，他们的样子就惶恐了。而一旦那一关审办结束，接过表格转身离开窗口时，几乎没有不如释重负出一口长气的。大抵如此。

而卖房的人，他们十之七八坐在椅上，或站在窗前望街景，有的甚至根本不愿待在大厅里，宁肯待在自己的车里。如果是在大厅里，他们很希望看到买房的人垂头丧气地走到自己跟前，那他们兴许就有反悔不卖的理由了。而坐在车里的，则暗自巴望着手机响，倘正是买房人找他们，必然因为过户手续不顺利，而那正中他们下怀……

一年半以前可不是这样。

那时房价尚未涨得如此疯狂，二手房交易市场波澜不惊，某个季度还会显得冷清。

那时，卖房的人急着将房子卖出去的心情，比买房的人急着将房子买到手的心情更为迫切。那时是卖房的人催着买房的人过户，态度良好地陪着买房人前来办手续。那时往往是他们排队，他们填表格，他们匆匆从一个窗口转移到另一个窗口，而买房的人安坐椅上，静等着必须配合一下时配合配合。总而言之，那时是卖房的人担心买房的人又相中了更便宜的房子，找到个什么借口不买自己的房子了。那时一方违约也是要补偿给另一方违约金的，但普遍的房价还不算太高，违约金的数额也高不到哪儿去。所以买房的人宁肯付一笔违约金了事，再去买下自己更中意的房子的现象时有发生。而现在，房价已经翻了两倍多，倒是当初将房子卖便宜了的人，宁肯补偿给买房的人二三十万三四十万元，使当初的合同作废，转而再卖更高的价了。比起翻了两倍多的房价，几十万违约金成一笔小数目了。有的房主，一套一百多平米的房子，付了四十万违约金，再卖掉后比当初还多获得了五六十万元呢！……

此刻，快十一点了，大厅里的气氛是更加浮躁了。然而浮躁仅仅呈现在排队的人们的脸上；铁条护栏内，坐在每一个窗口那儿的审办员们，一如既往地不慌不忙。他们都有点懈怠了。有的人，也饿了。

一心想在今天杀人的人，端坐在一张长椅的左端，书包放在膝上。那一张长椅上坐满了人，挨着他的是个四十多岁的女人，身材还保持得挺好，也将小拎包放在膝上，往后靠着，打手机。

她说："都他妈怨你！我不急着卖，你偏撺掇我卖！早签了一年合同，我亏多了，让一个非亲非故的人捡了大便宜！别跟我说那些，反正我心里不痛快！你从中得好处没有我怎么知道！对不起，手机快没电了……"

她啪地合上手机，低声骂了一句："白眼狼！"接着，转脸瞪他一眼，冷冷地问："你不嫌挤？"

他明白她的意思是反感他坐在旁边，也转脸瞪着她，语调比她更冷地说："不嫌挤。"

他只有大半个屁股坐在椅上，坐得一点儿也不舒服。但他看得出来，只要自己往起一站，那女人便会立刻将他坐过的地方也占据了，为的是能坐得宽宽松松。他环视大厅，除了他现在坐的长椅一角，再没有他可以一坐的地方了，连每一处窗台上都一个挨一个地坐着人了。他不愿往起站。大厅里要么是排着队的人，要么是弯腰伏案填表格的人、打手机的人、俩俩说话的人、匆匆从一个窗口走向另一窗口的人；总之没有独自待在哪儿的人。他认为如果自己呆站在哪儿，说不定不一会儿就将引起巡视保安的注意——两名手提电棍的保安，一直在大厅里东张西望地来回溜达。

他要杀人。

所以不可在杀人之前引起任何人注意，尤其不可引起那两名保安的注意。

他明白这一点。

他要求自己必须稳坐在那儿。

然而那女人似乎不达目的誓不罢休。她暗中使劲儿，往旁边挤他，仿佛他不主动站起来走，那么她就要把他挤得一屁股跌坐于地才称心如意。

这令他极为光火。

他也暗中运劲儿,发挥一种类似泰山功的能力,牢牢坐定,偏要与那女人一决雄雌。忽然他想到一句话——"领土问题是没得谈的。"于是打鼻孔里轻蔑地哼出了一声,同时将后背与椅背靠得更紧。

那女人却将双脚朝后一缩,随之向他这边一探,结果她的双脚连同半截小腿就偏在他双腿的下边了。

她说:"你压着我的腿呢!"

他说:"是你非要往我这边插一腿。没你这么坐的,你在进行性滋扰。"

他把话说得不紧不慢,语气也很平静,心说看你这狗女人还有什么招?

那女人猛地将身子一侧,以一根手指一下下点着他的脸开骂了:"小兔崽子,你说什么呢你!你妈差不多也就我这岁数,你倒说我性滋扰?我怎么就滋了你了扰了你了?啊?你说你说!明明是你在耍流氓,用你的腿紧压着我的腿!……"

坐在那女人另一边的男人,前俯着身子扭头看他;四面八方远远近近,不少人的目光望向了这里。

显然的,那女人是个惯于耍泼的主儿。

由于那女人涂了猩红色指甲油的肥白的手指有几次点到了他的脸上,更由于那女人扯到了他妈,使他顿时怒从心头起,恶向胆边生。

他母亲三个月前去世了,因为他买二手房没买成。

"我看你小兔崽子就不是个好东西!你流氓流氓流氓!……"

女人的手指又点到他脸上两次。

而他的右手伸入了书包,握住了尖刀的柄。他朝最后一个窗口望了一眼,那儿仍排着五六个人。他没望到自己非要杀死不可的八号审办员,但是强烈的杀人恶念快令他失控了。他复转脸瞪着那女人,两眼投射出森森杀气。二人挨得太近了,他几乎是脸对脸地瞪着她。

"你想干什么你!……"

那女人一说完,自己反倒出于防范的本能一下子站了起来。

而他,这时才动了动身子,大模大样地占据了那女人坐过的一部分椅面。他用左手拍了拍剩余的椅面,向那个男人点了点头,意思是让对方也坐得宽松些。

那男人装没看到他的表示,没动。

他又瞪着那女人,小声然而恶狠狠地说:"滚,再不滚我杀了你。"

那女人看着他的书包,徒张了一下嘴,没敢再说什么。

两名保安一起朝这里走来。

有一个姑娘和一个小伙子先于两名保安走到了这里。他俩手牵手,看着是一对小爱人。

小伙子对那女人说:"都办完了,现在该去领房产证了。"

那女人迁怒地冲小伙子嚷嚷:"那房子就已经是你们的了,领房产证还非得我陪着呀?嫌耽误我的时间太少是不是?……"

姑娘赔笑道:"不是的。领房产证必须您也在场,还要看您的身份证。"

房产证毕竟还没到手,那姑娘的话不无央求的意味。

"妈的,吃了大亏还得搭上时间!要不是冲中间人的面子,我才不干呢!哪儿领?……"

小伙子举手一指:"那儿。"

那女人撇下他俩,径自而去。

一对小爱人互相看着，都苦笑了。虽然是苦笑，但苦中却并非完全没有幸运的意味。简直还可以说，笑得又苦又幸福。

他俩手牵手也快快地走了。

两名保安驻足不前了。一名保安踱到门口，只许人出，不许人进了。另一名保安大声宣布："上午的办理结束了结束了，大家不要再排了，下午两点接着办理吧！……"

于是引起一片不满之声。

那张长椅上，男人终于向他这边挪了挪身子，忍不住似的问："买房还是卖房？"

他的手已从书包里抽了出来，不停地伸屈五指。刚才握住刀柄时太用力，五指有点儿僵了。最后那个小窗口挂出了写着"午休"二字的小牌，八号审办员站了起来，背对窗口，双手叉腰，在活动头颈。

他望着六七米外的那八号审办员，心中的杀念重新凝聚，根本没听到坐在身旁的男人对他说的话。他很庆幸自己刚才克制住了杀机，也替那个不好惹的女人感到庆幸。毕竟，他一心想要杀死的是"八号"，而不是别的任何人。

"八号"朝窗口转过身了，见窗口外还有一位六十多岁的老先生守在那儿，歉意地向对方指指牌子。

老先生恳求："我下午还得给学生上课，明天后天一连几天都有课，能不能……我不骗您，否则我就得一直等到双休日再来办了……"

他认为那老先生真是痴心妄想啊！午休牌子已经挂着了，那些恳求的话岂不等于白说嘛！

过户 | 011

不料"八号"犹豫一下，竟伸出手道："先让我看看你的表格……"

老先生赶紧将一沓表格从铁栏杆之间塞入。"八号"接过，一页页看了会儿，对老先生说："照顾你。快去发证那儿等着，请审办员先别走，说我五分钟后亲自把你的表格送过去……"

由于大厅里那会儿人少了，安静了；也许由于"八号"怕老先生耳背，提高了声音，总之"八号"说的话，他全听到了。没听到犹可，一听之下，他的杀念更强烈了。

老先生离开窗口，朝发证的服务台那儿一溜小跑。

而"八号"将坐未坐之际，朝他这儿望了一眼。他坐的长椅，与那窗口正对着。他是为了观察"八号"，所以才坐在这一张长椅上的。"八号"的目光与他的目光对视住了。在"八号"，那是件不期然的事；在他，是一直希望着的事。是的，他希望在杀死对方前，使对方有机会看清他的脸。否则，他觉得对于"八号"太不公平了，而自己杀人也杀得太不道德了。"小子，你能回忆起来我是谁吧?"——他正这么想着，"八号"已坐了下去。分明，"八号"对他是谁不感兴趣。二人之间的对视只不过才几秒钟，并没促进"八号"回忆他。那会儿长椅上只坐着他和那个跟他说过一句话的男人了，也许这一点使"八号"觉得奇怪罢了。所有的窗口都已经停止办理业务了，两个男人居然还稳稳当当地坐在一张长椅上，那也就难怪"八号"会觉得奇怪。不过"八号"一坐下去，注意力立即集中于电脑了，这又使他觉得那几秒钟的对视挺索然的。

"白刀子进去，红刀子出来!……"

如同电脑程序在向机器人输送指令，他浑身上下血流加快，右手又伸入书包里了。

他妈的这种地方的服务台上方安装铁栏杆干什么呢？他心里骂了一句。如果没有铁栏杆，他有把握马上就能走过去杀死对方。他是个身高将近一米八的人，而对方的身高不过才一米七左右。径直走过去，隔着服务台，左手揪住对方衣领，右手猛捅对方几刀，最后再在对方脖子上横割一刀……

"你买房还是卖房？……"

他缓缓朝身旁的男人转过脸，不怎么情愿地回答了一个字："买。"

"早买的？"

"对。"

"那你合适了。我们上个月才买。再贵也得买啊。儿子结婚，不买怎么办呢？那么多表格，也不会填。儿子工作忙，又抽不出时间来办，只得由我和他妈来办。我们一咬牙，又花三千多元请中介公司的人代办……哎，现在这房价，幸亏一家只一个儿女了，要像从前年代一家几个，还不把做父母的愁死啊！……"

那男人也不管他爱听不爱听，喋喋不休地一味倾诉。他不爱听。这时候谁跟他说什么他都不爱听。马上就要杀人的人都不想说话，也不想听别人对自己说什么。

他又将目光望向铁栏后边的"八号"了……

"才八十几平米，还在市边角，我们两口子一辈子的积蓄都努上了，才刚够交首付。唉，一想到得还一大笔贷款，上吊的心都有……"

他更不爱听了。

过　户　　013

上吊他也想过，现在却只想杀人。

幸而那男人的妻子走来了，手拿着房产证，喜盈盈地对他说："看，办到手了。"

男人问："那两个呢？"

他妻子说："人家还等着和咱们一起走啊？一点清我给的钱就先走了……"

"你还笑成那样！有什么值得高兴的！以后的日子不过了？"

那男人嘟嘟囔囔地站起来，走了两步还回头对他说了句："再见。"

于是长椅上只坐着他自己了。

一年半以前，他经由中介公司买了一套二手的经济适用房。一百二十几平米，当时才六千多元一平米。没超过五年的居住期，当时只能以房产抵押的方式先买下。大学毕业后，他一直漂在北京。工作倒还比较稳定，但收入不高。在北京没有属于自己的房子，那也就还是等于漂在北京。他向父母发誓，成为有房子的北京人这一目标，他永远都不会放弃。他家在小县城。父母和他这个儿子的想法完全一致。他们也发誓，砸锅卖铁非帮助儿子实现目标不可。他自己工作后是没攒下多少钱的。到决定买那套房子的时候，卡上才存有五六千元。首付完全是父母出的。父母开了间小杂货店，他们自信每月替儿子还上两千元贷款没什么问题。为了凑足首付，父母还将他们住的一套两居室卖了，双双夹着行李卷住到了小店里。而他呢，一宣布自己将有房子了，对象也很快处成了。后来，房价就疯了似的往上涨，他和父母那个高兴啊！由每平米六千多元进而七千多元八千多元九千多元……当房价涨到每平米一万两千多元时，他由高兴而不安了——房产还没过户到自己名下。当房价涨到每平米一万六以上时,白天他忧心忡忡,晚上他开始失眠了。后半夜好不容易睡着一会儿,又往往从不好的梦中惊醒——梦见房主反悔了,宁肯按合同上的协议赔偿给他二十万违约金也要解除合同……

但那种糟糕的事并没发生。

终于在精神的水深火热之境中熬到了可以过户的月份——刚过期限一天,第二天他就请了假,强烈要求中介公司的人配合办理过户手续。中介公司的配合态度极为良好,派出的是最有经验的办理员。房主的态度也极为良好,提前按约定时间等在这区建委的房产交易服务大厅门前了。办理的过程,也可以说一关一关超乎想象地顺利……

但是到了"八号"这一窗口,问题猝不及防地出现了。

"八号"指着说哪一页表格上的一处什么加密条形码在他的电脑上反映得不清楚。

而过了"八号"那一关,接着就该交各种税款了。交完税款,就可以领到过户后变更了姓名的崭新房产证了。

但那"八号"对他们"举起了红牌"。

亏中介公司的办理员和"八号"还算熟悉,他说:"让我看看,怎么看不清了?"

"八号"就将电脑屏幕转向了他。他隔着铁栏杆看了看,争取地说:"我看挺清楚的啊。"

"八号"说:"你觉得挺清楚不行,我觉得清楚才行。"

房主也从旁说:"同志,通融通融,给个面子,别太认真嘛。"

"八号"说:"不认真我不失职了吗?认真是对你们双方负责任。买卖房产,不是小事,我还是认真才对。"

房主又说:"可我明天就出国了,一出去两三年内不回来……"

"八号"说:"那没关系,你留下委托书委托别人配合办理一下,再来时直接到这个窗口不用排队了。"——又对中介公司的人说:"你回公司检查检查你们的电脑有没有什么问题……"

他则只有站在一旁干着急,插不上嘴。

而"八号"却已示意下一位递交表格了……

三人走到旁边时,中介公司那位骂了一句:"扯他妈淡!我们公司的电脑全新换的,今天也不知道那小子哪儿不顺气了,没见过这么能找碴儿的!"

房主却很不过意地对他说:"兄弟,实在抱歉,我明天是非出国不可的,上午的飞机。我保证指定一个受托人配合你过户,你放心好了。"

他有什么可说的呢?

实在也没什么可说的。

然而那一天只不过是他开始倒霉的第一天。

第二天他又向单位请了假,可中介公司方面却说,按照房主留下的手机号码,一直联系不上那受托人。不是关机就是不在服务区,或通了也不接。

十几天都是这么一种不好的情况。

那十几天内他瘦了三四斤。

半个月后中介公司通知他去一次。一位副经理亲自接待的他,特遗憾地向他出示了房主的委托书,其上写着一切由受托人根据情况全权代理……

他说:"那还不赶快让受托人配合着过户?你们倒是拖个什么

劲啊？"

副经理说，受托人不想见他。受托人代表房主毁约了，宁愿赔偿给他二十万违约金……

他顿时呆若木鸡。

多少个受煎熬的日日夜夜，他担心的就是这么一种情况发生，果然发生了。

"你看，合同上写着，双方不论哪一方违约，都须向对方赔偿二十万违约金。记得写上这一条时，你一点儿异议都没有，对不对？……"

副经理指点着合同副本提醒他。

他当时是毫无异议。

他当时想不到房价会涨得那么快，涨到现在这么高；自然也就想不到还真有房主违约这种事让自己摊上了。他当时认为，那不过是依照惯例象征性的一条……

"可……半个月前那一天，在建委交易服务厅外边，房主明明跟我说受托人会积极配合我过户，让我放心好了……"

他良久才又能说出话来。

"是啊是啊，他说那话我也听到了……"

人家副经理一脸正义。同时也一脸的爱莫能助。人家告诉他，房主已在国外，联系不上了，换手机了，地址不详。他只有两种选择——要么接受现实，也就是接受退款及二十万违约补偿金；要么依靠法律解决，起诉房主，一并起诉中介公司，公司也只能认了……

人家后边的话说得特无辜，也特悲壮。

他坚定不移地作出了第二种选择……

却没有任何一家律师事务所肯接他的案子。听他陈述了来龙去脉以后,都说再有经验的律师也没法替他打赢官司。第一,早有规定,经济适用房未满五年居住期是不得交易的。采取以押代售的方式是不良交易,双方利益都不受法律保护,法院完全可以不受理。第二,即使运用关系使法院受理了,那也只能争取到一个全额退款及获得二十万违约补偿金的结局,还不是跟不打官司一样?

他便只有悻悻作罢。

如果不是发生了后边的一些事,其实他也不能算是倒了多大的霉。因为在中介公司的调解下,那受托人居然连当时的中介费和买房款的利息也补偿给了他。简直可以说做到了"买卖不成仁义在"。

但有时候,对于有的人,不好之事一旦发生,倒霉结果接二连三。

一向叫他"大宝贝"的对象分手没商量地和他"拜拜"了。

他母亲得知房子没买成对象也吹了,一急之下中风瘫痪了。

二十万赔偿金花光了还又花了十几万,到了也没治好母亲的病:两个月后老人家过世了。

他父亲倒还算醒悟得及时,想赶紧用剩下的钱再买一套住房,可连县城里的房价也涨疯了,当初卖了两居室住房的钱,只够买到一居室了……

他自己也大病一场。病后前思后想,认为不能就这么拉倒了,总得有人对他的倒霉负责任。

一钻牛角尖,他觉得最该负责的人,正是那个"八号"。

如果不是因为那个"八号"那一天成心找碴,当天也就过完户了,后来的倒霉事也就都不会发生了。

让"八号"也赔偿他一笔钱那是肯定不可能的。本该已经住上九十来万买的后来价值二百来万的房子,却落了个鸡飞蛋打,谅那"八号"也赔不起!还有他母亲的死呢!那"八号"能赔他一个亲妈吗?

那么,他就只有让"八号"拿命来赔了。撇开多大一笔钱不论,他妈可是因为房子的事儿死的,他对象可是因为房子没了与他吹的!

难道拿命来赔还冤枉了那"八号"不成?

给他来个"白刀子进去,红刀子出来!……"

他已又来过这里几次了,掌握了"八号"的午休规律——对方吃午饭前,会绕出到大厅里,站在最左边的窗前,推开扇窗,望着街景悠然地吸完一支烟……

那正是下手的良机。

从旁悄悄接近,朝对方肋下猛捅几刀,要刀尖斜着往上捅……

"白刀子进去,红刀子出来!……"

他又环视大厅,见大厅里只有二十几个人了。分散在各个窗口前的,是些宁肯不出去找地方吃午饭也要下午早点办完手续的人。多是四十岁以上的男女,仅有几个年轻人的身影。而大厅的门,已从内锁上了。两名保安已不在了。服务台里边,铁栏杆后,只剩"八号"一个还没去吃饭,站在他的办公桌那儿,扭腰、甩胳膊、晃动头。估计,过会儿就该绕出来吸烟了……

惟恐"八号"发现他在瞪视,他低下了头。

"白刀子进去,红刀子出来!……"

他忽听有人对他"哎"了一声,循声扭头,见他坐过的那张长椅上,不知何时坐下了一位大婶。

大婶说:"你看那位同志是不是有话跟你说啊?"

他顺她手指的方向一看,见"八号"在铁栏杆后朝他招手。

他犹豫一下,右手伸入书包,起身走了过去。

隔着亮晶晶的铁条,"八号"回忆地注视着他说:"我觉得你挺面熟。啊,想起来了,半个月前,你们的过户手续在我这儿没通过,对吧?"

他竟不由自主地点了一下头。在书包里的右手,紧握刀柄,恨不得隔铁条给对方一刀。

"你是买方?"

他竟又点了一下头。

"怎么还不和房主来过户啊?赶紧办啊!"

"八号"倒显得不解了。

他搪塞:"房主一直忙。"

"那你今天自己来干什么?"

"我……先自己来看看,这几天办手续的人多不多……想人少的时候来……"

"别慎着了呀!赶紧约上房主来过户!过完户不就了了一档子大事了吗?哪天人也不少,听我的,赶紧办啊!据我所知,有那房主因为起先卖便宜了,反悔的不少。摊上那种事,多窝心啊!……"

"八号"十分友善地告诫他。

他说:"谢谢。"

连自己也想不明白,怎么会说出"谢谢"二字来。"八号"一笑:"谢什么啊!我心里一直惦记着你们过户的事儿,你要真拖出个不好的结果,不成我的罪过了?那你肯定恨死我了,对吧?……"

他说:"那不至于。"

竟也笑了一下。

他自己对自己困惑起来。在书包里的右手,不那么紧地握着刀把了。

突然间,大厅一侧响起了一个女人的尖叫。他猛转身看,见一个矮胖的车轴汉子,赤裸着上身追一个女人。那汉子胸膛,用塑胶条贴住了一管管炸药;手中,握着引爆器。女人被追得在厅里东奔西窜,汉子一边追一边吼:"叫你们买!叫你们卖!叫你们炒!炸死你们!炸死你们!……"

被追的女人本能地往人们跟前跑,人们本能地四散逃避……"八号"朝女人喊:"快躲进来!"

那女人倒还机灵,明白了"八号"是让她跑入服务台里边去,可她惊慌失措之下,一时看不到门在哪儿。

他却看到了门在哪儿,几步跨过去,将门推开了。那女人刚巧逃至,被他推入了门里。他也本想躲进门去的,不料那女人一进门,将门插上了。那汉子也紧迫到了门前,也就是追到了他跟前。

他也一时乱了方寸,完全呆住。

汉子瞪着他喝问:"不怕死?"

他低声说:"怕。"

汉子又喝问:"买房的还是卖房的?"

他诚实地回答:"买房的。"

"买房的滚一边去,饶你不死!"

汉子说罢,踢了他一脚。

他心惊胆战地躲到一边去了。

汉子转而去威吓别的人,像撵鸡似的,将人们威逼得四处抱头鼠窜。

汉子则开心地哈哈大笑,同时高唱:

　　马克思主义的道理,
　　千条万绪,
　　归根结底就是一句话,
　　造反有理!

还唱:

　　要是革命你就站过来,
　　要是不革命
　　就滚你妈的蛋!

他也本能地往人堆里躲,也被撵得四处抱头鼠窜。突然那汉子被一个人从背后扑倒了——他看得分明,是"八号"!但"八号"的体格哪里比得上那车轴汉子强壮,非但没有制伏那汉子,反而被那汉子一滚之后就骑在了身上……

汉子一手扼"八号"的脖子,一手举引爆器,吼问:"要死要活?要死要活?说!我唱得好听不好听?比歌星们唱得怎么样?……"

他奔将过去,也一扑,将汉子从"八号"身上扑倒,压住;同时咬汉子手腕,使汉子那只握引爆器的手松开了……

第二天的好几家报纸,对此事进行了这样的报道:昨一精神病患者,混入房产交易大厅,裸身缚假炸药,使众人惊恐万状。一名审办员与一位不愿留下姓名的勇敢者,齐心协力制伏疯汉,过程险恶如电影。现场发现尖刀一把,疑为疯汉所携。所幸疯汉被及时制伏,未造成流血伤亡。有关方面正通过中介公司寻找那位勇敢者,将与同样勇敢的审办员一起受到表彰。

又,精神病专家预言,房价继续高涨不降,中国之精神病人将有可能增多……

飞行酿酒师

铁 凝

这是华灯初上的时刻，无名氏站在凯特大厦二十一层他的公寓落地窗前，垂着眼皮观望地面上如河水一般的车流，等待会长陪同酿酒师来访。

华灯初上，车灯们也哗啦啦亮起来。

城市的灯火是这样密集、晶莹如香槟的泡沫。这个形容的发明权不属于无名氏，他是从多少年前读过的一本外国小说里搬来的。当时他正在旧金山飞往北京的飞机上，北京机场四周的漆黑和沉寂，与旧金山璀璨的灯火形成那么鲜明的对比。如今，虽然沉寂和漆黑已经远离北京，无名氏脚下也流淌起香槟泡沫般的灯火。但是，和香槟的泡沫比较，无名氏更喜欢华灯初上这个词，他觉得这词里洋溢着并不泛滥的勃勃生机，有试探性的兴奋，和一点端庄。好比他现在的状态，一个初饮者的精神状态。对了，初饮，无名氏谦虚地给自己这样定位。

这阵子他正对红酒产生兴趣。他买了一些红酒，买了关于红酒的书，跟着书上的介绍喝了一些，还叫人在他那个刚刚启用的四合院里挖了个储酒量为八千瓶的自动监控温度、湿度的酒窖。

最初，他这一系列行为的确含有赶潮流的成分。他在京城胡同保护区内的四合院市值不会少于两个亿；这幢凯特大厦地处北京东区，离"国贸"和金宝街都不远，算是好地段。他的投资公司最近的两个项目——西北的天然气和苏南的一个自主研发中的海水淡化处理都有不俗的前景。在偌大个北京城，无名氏说不上是富人，可你又断不能把他划归为穷人。他身不由己地卷进了潮流之中，在一些隆重或不隆重的场合，喝着"拉图"、"马高"、"奥比昂"以及宛若传说的红酒之王"罗曼尼·康帝"，听熟人们说着他们品出了酒里的马厩味儿、烟熏味儿、甘草味儿、巧克力味儿、皮革味儿、黑胡椒味儿、矿石味儿以及樱桃味儿、蔬菜味儿什么的，常常自惭形秽。因为老实说，他没从酒里喝出过这些个味道。他知道自己酒龄尚浅，初饮者都浅。但并不是所有初饮者的感受力都浅，比如像无名氏这样的人。有时候他也起疑，对那些刚喝一口当年的新酒就声称喝出了马厩或者雪松木味儿的人。新近认识的在波尔多酒庄干过力气活儿的小司告诉他，那些味道都是第三层香气，属于有年头的酒。

门铃响起，来人是小司。这是个偏胖的青年，四十岁左右，一家职业学院教餐饮的讲师。他在法国读书时学的是发酵，曾经在波尔多地区的一个小酒庄实习过一年。熟人把他介绍给无名氏的时候，特别强调了他的这段经历，似乎在这样的人身上，才能真正找到酿酒的气息。

前不久，春节之后，无名氏从小司手中买了两个水缸大的法国橡木桶，用来装饰自己的酒窖，或者叫做烘托酒窖的气氛。那是两个废弃的旧桶，无名氏遵照小司的指点，让人先用盐水把桶泡了四十八小时，为的是防止开裂。当然，小司说法国的橡木桶柔性好，不像美国的，木质虽密，可是又硬又糙，很容易裂。

小司受无名氏邀请前来。

无名氏在和酿酒师见面时，愿意身边有个也懂一点酒的人。但小司精神有些不振，左手背上贴了块橡皮膏。他对无名氏说，昨天朋友请吃法国空运来的牡蛎，结果吃坏了肚子，现在是刚从医院输完液出来。

无名氏歉意地说那真是不巧，会长昨天就订好了菜单，楼下总统府的。一会儿据说酿酒师还会带几款他自酿的红酒。可你的肠胃恐怕得强迫你休息了。

小司一听总统府的菜却又来了精神，不愧是搞餐饮教学的，食不厌精。他知道这家设在大厦五层的粤菜馆，名称有点霸气，菜式却还精致。他说无总您还真是用了心啊，中国人不习惯以奶酪配红酒，最恰当的菜还就是粤菜。

无名氏立刻强调说为了今天的聚会，他也准备了奶酪，意大利的托斯卡纳毕可利羊奶酪。太硬，不好切，得拿刨子刨。他说这样倒也漂亮，刨出来像木匠手下的刨花似的。关于这羊奶酪给他的感受，他没有告诉小司。因为，又腥又骚，他实在难以下咽。

他领着小司在这公寓的敞开式厨房里看了奶酪以及若干只一尘不染的红酒杯：波尔多杯、勃艮第杯——也就是俗称的郁金香杯。小司提醒说别忘了香槟杯。他的食欲已经被调动起来，丝毫不打算倾听肠胃的抗议。

这时房间里的电话响了，是会长打来的。他向无名氏道着对不起说，酿酒师早晨还在库尔勒，飞机晚点了，现在刚出机场，可能晚到半个小时。无名氏对会长的话将信将疑，会长是他大学的学兄，他对会长的脾气秉性略知一二。所以他更愿意相信那句话：名角出场总会迟些。不过无名氏有这个等待的耐心，以他对红酒有限的了解，他觉得喜欢品酒和喜欢酿酒的人首先得是些有耐心的人。

他和小司一人占据了一张可以按摩的功能沙发坐下，他把这感受讲给小司，顺带夸奖了小司那两个橡木桶，说是放进酒窖后依然散发着幽幽的酒香和木香。

小司说无总，我那些学生要是都像您这样就好了。他抱怨他的学生们根本不爱品酒酿酒，舌头不行啊，接受力太窄，就知道冰酒好喝，甜。他说原以为一线大城市的学生会好些，可职业学院的生源都是延庆、怀柔那一带的，从小饮食就单调，酿酒基本没戏。我跟他们说我在法国学酿酒时要先在葡萄园干活儿，搬橡木桶，一手夹一个，有时候一天搬七八百个。赶上几十年的葡萄藤死了，根子很深，深到几米以下，你也得去出力气挖葡萄藤。那些根子太深的老藤得用绞车起出来，累得我一晚上一晚上的懒得说话。再看看那些酿酒师的手，因为常年接触酸，都是又干又裂。我给家里写信说闹了半天学酿酒得先当农民啊。无总您说到耐心，我的这些学生谁有那份耐心，听听都烦死了。所以他们的出路也就是侍酒员吧。

无名氏说侍酒员也需要多种历练，怎么向客人介绍和推销酒，不也是学问么。

小司说对对对，一般的侍酒员至少要高级经验和市井经验兼而有之，好的侍酒师是很受人尊敬的。

无名氏听小司说了一阵子侍酒师的培养，玩味着"高级经验"和"市井经验"，门铃又响了。这次是会长和酿酒师，二人身后还有一位女士，会长介绍说她是酿酒师的太太。

飞行酿酒师

酿酒师是个五十多岁的黑脸男人,厚嘴唇有点松弛地下撇,显出对俗世的不满意。无名氏一边热情地上前握手,一边猜测酿酒师的肤色定是沐浴了库尔勒慷慨的阳光。但当他触到酿酒师的手时,那手的绵软却超出了他的想象。他刚刚听小司讲起,酿酒师的手大都干而粗糙。

酿酒师的太太看上去比丈夫年轻不少,无名氏注意到她的酒晕妆——腮红和眼影像是蘸着红酒蹭出来的,不愧是酿酒师的夫人。酿酒师调侃地对无名氏说,您一定是吃惊我太太比我年轻得多吧?可我不是二婚,我们是同岁,元配。老实说,她的生日比我还大一个月呢。

会长接着说,是啊是啊,这就是红酒的魔力。大地、阳光、空气、果实的迸裂、汁液……人无限地亲近这些怎么会不年轻呢!会长退休前是一家食品杂志的副主编,退休后做了一个什么会的会长。无名氏从来也不知道那是个什么会,总之是和吃喝有关的会吧。只见会长环顾四周又问无名氏说:弟妹呢?不参加今天的聚会?

无名氏说她不参加。这个地方,怎么说呢,家人并不常来,这是我工作和发呆之处。我在这儿谈项目,聊天……还有接客。

无名氏把"接客"说得干脆而率真,他那时的表情甚至可以说是憨厚的,惹得众人一阵大笑,情绪不振的小司也笑起来。无名氏顺便把小司介绍给大家,他不提小司在波尔多葡萄园干活儿的事,只说这也是一个喜欢红酒的年轻人。小司客气地向各位点过头,就在无名氏的吩咐下去醒红酒,开香槟——一款名为"库克"的香槟。其时,楼下总统府的两位犹如双胞胎似的白面男性侍者已经进得门来布置餐台摆放餐具,影子一样地轻灵并且无声。

开餐之前,无名氏请客人品尝香槟。他希望客人对这款"库克"

说点什么，毕竟，今天的聚会是因酒而起。可是除了酿酒师太太举着细长的杯子将酒体衬着一张雪白的餐巾纸夸了这"库克"颜色白中透着浅绿，美丽无比，其他人的注意力都在别处。

酿酒师捏着香槟杯的杯颈毫不客气地在这套公寓里逡巡。他先是奔到落地窗前观赏了一下脚下的大街和远处楼的森林，接着猛回身向无名氏感叹道，现在我知道您为什么选择二十一层了。二十一世纪呀！您真正是站在二十一世纪的成功人士，这不，连总统府都在您脚下踩着呢。而我们这些人——噢，我不敢包括会长，我们的肉身跨过来了，灵魂在哪儿只有天知道。如果我猜得不错，这房子的使用面积应该在三百平方米。他边说边把开着门的房间都看了一遍，仿佛是被中介公司带着看房的买主。遇见有意思的东西他也会随时发表评论，他拎起一件搭在沙发上的羊绒外套说，"康纳利"！我就猜到无总您会穿"康纳利"。奥巴马喜欢的牌子啊。可惜大多数人不识货，去年我一个老同学——在库尔勒开发葡萄庄园的，送我一件康纳利衬衫，您猜会长看见怎么说？他说这是哪个厂发给你的工作服啊。

会长呵呵笑着不搭腔，无名氏想起会长在大学时的风范——破衣啰唆的。可是会长讲究吃，他们的大学时代正是中国的思想解放时代，人们的食欲好像也随着思想的解放而解放开来。那时西餐在中国尚未普及，会长就已热衷于尝试西餐，常在周末把几个要好的同学召至宿舍对西餐展开切磋，同学中就包括低他两个年级的无名氏。无名氏生就一张喜盈盈的娃娃脸和一副善于自嘲的姿态。比如说到出身，他坦陈自己不过是江南小镇一小吏之子，并不忘解释：吏，旧时没有品级的小公务员而已。他没有更多可炫耀的资本，但这并不意味着他不想为前程付出更多的努力。因了他的温和与自嘲，高班同学和低年级同学都乐意和他交往。有一天会长做了一道奶油蘑菇浓汤请大家品尝。他所谓的奶油浓汤就是奶粉加淀粉加大量味精再撒几片罐头蘑菇。无名氏也在被邀请之列。他怀着虔诚的心情喝下第一口，强忍着恶心才没有呕吐出来。环顾四周，几位同学都在沉默不语地喝汤，不交换眼色，也无人开口赞扬。会长嚷嚷着逼大家表态，一个绰号"高原红"的西北男生突然把勺子往搪瓷茶缸里一放，愁苦而勇敢地说，饿（我）喝不惯，饿实在是喝不惯！"高原红"的宣言解放了众人，无名氏记得宿舍里先是爆发出一阵大笑，接着大家全都放下了饭盆。

此时此刻，无名氏看着仍然不讲究衣着的会长，忍不住跟他提起大学时代的那次喝汤，问他是不是还记得那个"高原红"。会长说当然记得：饿喝不惯，饿实在是喝不惯！都弄成校园流行语了，好比如今春晚过后就会有个把句子成为年度流行语似的。不过那时候我那西餐纯粹瞎胡闹，也就是欺负你们都没喝过真正的奶油蘑菇浓汤罢了。各位，酒醒得差不多了，是不是可以入座了？会长仍然像当年那样张张罗罗的，就像是这间公寓的主人——本来，他也可以说是这次聚会的发起者。眼下他和酿酒师有一种合作，他们游说一些赶着红酒时髦的有钱人在库尔勒投资葡萄庄园。

终于说到了酒。

先品酿酒师带来的自酿酒。酿酒师太太客气地谢过那两位白面侍者，从其中一位手里接过醒酒器，亲自为大家斟酒。白面侍者立即退至不惹眼处，职业性地垂手侍立。

无名氏持住杯颈，观察酒体深闻酒香，他静下心，尝了第一口。就算他的酒龄如此之浅，和在座各位相比他应该是个怯场者，就算他真的怯场，他还是品出了这款酒色暗红、果香味丰富的自酿酒的高雅气质。它讨喜，柔顺却并不通俗，味道十分集中。他观察左手边的小司，小司的表情是沉吟中的肯定。无名氏有几分惊喜地对酿酒师说，不知道这酒是在哪里酿出来的，北京附近？听说密云有块地最适合。这酒有名字吗？也许是出自库尔勒？你们不是一直在说库尔勒么。他说着轻轻一抬手，两位侍者之一迅疾地将倒空的酒瓶递上，却原来这是一只没有酒标的"裸瓶"。无名氏拿过酒瓶看看瓶身又抠抠深凹的瓶底，继续他的提问：这么好的酒怎么没有名字呢？

酿酒师矜持地说，在我看来，世界上没有名字的酒才有可能是酒中珍品。那些名声震天的你能喝吗？比如"拉菲"。你喝你就是土老财。当然，我不否认这都是让国人给闹的，你比方"卡迪亚"表不错吧，可现在成了二奶表的代名词。

会长说得了你也别太卖关子，快把你这酒名告诉无总。

无名氏说还是得有个名字啊。

酿酒师说我这是被逼无奈，这酒名叫"学院风"。

学院风。无名氏说。

学院风。会长说。

学院风啊。无名氏几乎抒起情来。他觉得这名字很有趣，他由风还想到风土。他更心仪风土这个词。他觉得人的根系如同葡萄的根系一样，都是和风土相连的，有风而无土那不就成风筝了吗。风土，还不如叫学院风土呢。但是学院和风土又有何相干？

会长适时把酿酒师再做介绍，他说酿酒师原是农学院果木栽培的教授，擅长化验，一种酒他能给你化验出好几十种酵母。

可酒是酿出来的，不是化验出来的啊。一直闷着头吃冷盘的小司突然说。

　　酿酒师显然没把这个胖乎乎的年轻人放在眼里，他对无名氏说，世界上最著名的葡萄庄园我都去过，上星期还陪一个国企的副总去智利买了酒庄。中国，不客气地说，目前最理想的葡萄种植地就是库尔勒。你可能不相信吧，我爱那地方，三年之内我飞了一百多趟。

　　一百多趟，这的确是个有规模的飞行数字，可是酿酒师用什么时间酿酒呢？

　　无名氏还是对酿酒感兴趣。他希望酿酒师对他做些酒的启蒙，比如眼下这款"学院风"的特点，是什么葡萄酿出来的，他该怎样欣赏它。这时酿酒师身上的手机响了，他起身离席接电话，一迭声地叫着"董事长"。电话那边好像答应了什么事，请他提供账号。当他回到饭桌时，面带兴奋地搓着双手。他不提葡萄，只讲库尔勒的旅游资源、博斯腾湖、巴音布鲁克草原、罗布泊、楼兰古城探险什么的。酿酒师太太也不失时机地做些补充。她说那地方就是仙境，什么烦恼一到那儿都会化掉，包括疾病。她说她和当地的女孩子们跳舞都跳好了颈椎病。她说着，像维吾尔族姑娘那样灵活地动起了脖子，动脖子是维吾尔族舞蹈的一个基础动作。以她看上去的年龄，她的这个动作并不讨嫌，也可以说还有几分质朴的天真。本来无名氏已经开始有点厌烦酿酒师的做派，但是酿酒师太太的掺和削弱了这种厌烦。无名氏不禁想到一种名为小维铎的葡萄品种，独立不成气候，可它的单宁味和辛辣味都足，既清新又复杂，对于掺和有着画龙点睛之妙。无名氏了解到，波尔多列级酒庄的很多酒都需要小维铎的掺和。他于是坚持问酿酒师"学院风"是用什么葡萄酿成的。

　　葡萄？是的，葡萄。酿酒师喃喃着，仿佛主人在向他提起一件早年模糊的旧事。

会长救场似的对无名氏说,"学院风"就出自库尔勒的葡萄啊。那儿,有人已经许给酿酒师两百亩地,种什么葡萄都绰绰有余。

无名氏说你的意思是那儿有了地还没有葡萄?

会长说有,有,新疆哪儿找不着葡萄啊。

无名氏说我可听说酿好酒需要有年头的葡萄。鲜食葡萄和酿酒葡萄也不是一回事。法国那些名庄的葡萄藤至少是二三十年以上的。

酿酒师自负地拖着长声说,用——不——着。您还会说那些名庄的酒不都得酿个一两年么。我告诉您,根本用不着。这款"学院风"我就用了一个星期,我有化学方法,快得很。您也尝了,不输给他们吧。

无名氏又喝了一口"学院风",他不改初衷:这的确是一款相当不错的酒——特别是,假如它真出自酿酒师在库尔勒的化学酿造。

酿酒师趁着无名氏的兴致鼓动似的说,他和几个朋友打算把那两百亩地分割成小块建若干幢别墅,无名氏——无总有兴趣可以参与,钱不用多投,五百万就行。五百万,在北京能干什么呀?在库尔勒,您就可以有自己的葡萄庄园。您想亲自酿酒,您想摘葡萄,您想旅游,直飞库尔勒了。平时我们给您看着房,游客来也租给他们住,何乐而不为?

无名氏听明白了,怨不得酿酒师不喜欢谈酿酒呢,而且有点憎恨葡萄。再多提葡萄和酒,说不定他能跟你急。可是无名氏不想将五百万扔在酿酒师的这个建房项目里,虽然这的确不是大钱,那他也不乐意。他的直觉还使他渐渐生出一种索然无味之感,他干脆转移话题请客人关注一下餐桌上的粤菜。他强调说,菜单是会长订的,诸位不喜

飞行酿酒师 | **035**

欢请直接声讨会长。

侍者为每人端上一只紫砂炖盅，无名氏掀起盖子，见盅内一汪清香的鸡汤里卧着一只肚子滚圆的乳鸽。

无名氏正在纳闷儿小小乳鸽何以能把肚子撑得如门钉豆包那么大，会长已经在为大家解释这道菜。他说这道菜名叫"鸽包燕"，它不属于粤菜，是总统府的独家创新。具体讲就是烹调之前将乳鸽的肚子里灌满燕窝——血燕啊。各位想想这"鸽包燕"的营养价值吧。

率先向"鸽包燕"下筷子的是小司，他以按捺不住的激情夹起似要爆炸的鸽子，内行地鉴定了它的肚子完好无损，这说明燕窝真的是从鸽子嘴里灌进去的而不是剖开肚子塞进去的。想到乳鸽的小嘴竟能被强迫灌进比它整个体积都大的一团燕窝，小司刹那间还生出一种恶狠狠的快感。他一口咬去乳鸽的半个肚子，果然有燕窝丝丝缕缕掉出来，他品尝到鲜美和愚昧。

无名氏也咬了一口鸽子，但他显然对会长点的这个噱头菜不以为然。他说我不明白总统府的人干吗要折磨一只鸽子呢？我下嘴的时候只觉得自己的肚子都气鼓鼓的。

酿酒师太太附和说是啊，我一见它给撑得翻着白眼耷拉着细脖儿我就头晕。请原谅我就不动这"鸽包燕"了。我这可不是有意让会长您为难。她说完拿起一片托斯卡纳羊奶酪嚼起来，她不讨厌它。

早就将自己那份"鸽包燕"吃喝一空的酿酒师抢白太太说，你以为那燕窝是鸽子活着灌的呀？那是它死后才塞进去的，所以，它——不——痛——苦。酿酒师边说边把话题又拉回到库尔勒的五百万别墅投资，虽然，凭了他的直觉，他已经感到这位无名氏不会轻易将五百万人民币撒在那遥远的库尔勒。这已经让他有一种预先的快快然，继而还有几分愠怒——对无名氏这等富人（他以为的），难道不是谁都可以愠怒么？刚才在地下车库停车时他已经愠怒过，为他的"帕萨特"强挤进"宾利""奔驰""宝马""路虎"什么的中间感到愠怒和不平。可现在他还得强压下愠怒再次邀请无名氏投资库尔勒的庄园，他并且带有怂恿意味地说，一个如无总这般酷爱红酒的人怎么可以没有自己的葡萄酒庄呢？

无名氏却打哈哈似的说，酒盲，酒盲啊，我其实是个感觉迟钝的酒盲。等我再有点进步，咱们再去梦想那些个庄园。说完他举杯向酿酒师的美酒致意。

这时酿酒师的电话又响了，这次他身不离席，就坐在那儿大声接起电话，仿佛因了无名氏的拒绝，因了自己白白浪费的一个晚上和白搭上的一瓶好酒，他已经无须再表演社交的礼貌。这个电话大意是对方要他和会长当晚飞一趟温州，一位做领带的老板刚从意大利回来，只有明天早晨有空，可以与他们共进早餐谈库尔勒投资事宜。

这是一个及时而有面子的电话，酿酒师站起来快速告辞，一边得意地抱怨着说，最近我一直睡眠不足，就是这样的事闹的。你看，温州的老板都追上门来找。他在"追"字上加重着语气。

无名氏则把一瓶2003年份的"拉图"送到酿酒师太太手中，也算是个礼貌。他不想欠酿酒师的人情。太太推辞不要，会长替她接过来说，跟他客气什么呀，这个好年份的酒你还不要？不要白不要。临出门他又扭回头悄声对无名氏说，学弟，我知道你今晚没有尽兴。过几天我保证再给你找一个专讲酿酒的行家，咱们不许他说别的！

眨眼之间公寓里只剩下无名氏和小司，面对着一桌陆续上齐的粤菜。无名氏叹了口气，有点为酿酒师的才华感到可惜。不管怎么说，酿酒师带来的那款酒的确不凡。他把这可惜感告诉小司，正忙着吃菜的小司从一堆盘子里抬起头来说，无总，我倒没觉得可惜，反正那款酒也不是他酿的。

无名氏说你们这叫同行是冤家吧？

小司说，如果我的舌头没出问题，他那瓶"学院风"应该是2008年左右的"拉兰伯爵"副牌——"拉兰女爵"。

无名氏说这可涉及一个人的品质，你怎么能断定呢？

小司毫不犹豫地说，因为，我也这么干过。

他直视着无名氏，丝毫没有为"品质"二字感到不安。无名氏甚至从他的眼神里觉察出某种以攻为守的硬冷。

小司的眼神的确显得硬冷，也许他是觉得和无名氏这种人谈不着什么品质。说到品质，谁知道他们这些人的第一桶金是怎么来的？无名氏曾经对他讲起前不久喝过"罗曼尼·康帝"，那可是酒中皇帝啊，产量极低，年产不超过六千瓶。小司相信中国的大部分酿酒师都无缘品尝"罗曼尼·康帝"。而无名氏他们却敢在谈笑中就把这样的极品灌进肚子。

无名氏一边庆幸自己没有盲从酿酒师的蛊惑，一边从桌上够过醒酒器，把剩余的"拉兰女爵"倒入自己杯中。

既然他们不能再涉及人的"品质"，他还是想让懂酒的小司给他讲讲这款来自波尔多梅铎地区的、他尚未听说过的新酒的品质。小司却突然向他发问道：无总，刚才酿酒师太太没动的那盅"鸽包燕"呢？别浪费了。

无名氏起身从厨房的配餐台上为小司端来酿酒师太太的那份"鸽包燕"，小司埋头便吃，并不掩饰他的兴致。吃着，也不忘照顾一下无名氏的情绪。他说其实除了教课,他在三里屯还有一个小酒吧,也兼营法国红酒——只卖法国的。无总可以从他那儿订酒,不必太贵的,"奥比昂"就不错,在五大酒庄里价格最低,挺值得收藏。噢,我得走了,过去照顾一下我的酒吧,十二点之后那儿才热闹。

无名氏却没有眼色地还是追问小司,"拉兰女爵"的葡萄品种里有没有小维铎的掺和?

小司懒洋洋地,也可以说是仗着一点酒劲儿说,无总,您是不是觉得您有钱有闲就可以把一个大活人扣在这儿没完没了地陪您聊酿酒啊。他说着费劲地站起来,往门厅挪起步子。

恍惚之间,无名氏就像看见了一只无限放大的肚子里塞满燕窝的巨型乳鸽正在起飞。

也还有一些场景是无名氏不曾看见的,比如酿酒师夫妇告辞之后乘电梯到地下车库取车时的一个小情景:他们的"帕萨特"旁边是一辆轿跑两用的"奔驰"。酿酒师掏出钥匙开车门之前,有意无意地用钥匙在奔驰车身上划了一下子。太太和会长都没有发觉他这个动作,只有他自己明晰地看见"奔驰"身上突显出一道触目的划痕,他那颗愠怒的心终于平静了许多。

午夜时分,无名氏一个人在公寓里呆坐。今晚的这场"接客"弄得他有点累。这位接客者本来以为自己会离葡萄酒越来越近,可他又分明正在远离它。

他干吗要选个二十一层做公寓呢?太高了。而他那四合院里的酒窖又太深。他在这两个高度当中沉浮,就仿佛不知深浅了。这让他突然很想和从前的那个老同学"高原红"通个电话,他很想听"高原红"再对他说一句"饿喝不惯，饿实在是喝不惯"。他不管不顾地找出几年前"高原红"的号码，拿起电话就拨。

他听到了一个不断重复的声音：您呼叫的号码不存在请查证后再拨，您呼叫的号码不存在请查证后再拨。

唱晚亭

叶广芩

尽管外面是滂沱大雨,福儿还是准点来了。

福儿是我的近亲,但究竟是哪一房兄长的孙子,大名叫什么,我不清楚,也懒得搞清楚。血脉亲情,在我和侄子们之间就已经淡了,更何况又隔了一层。眼前的福儿除了跟我的姓氏相同,在长相、做派、认知、观念上竟无丝毫重叠,就是说,相逢在路上,我们谁也不会为谁停下脚步,谁也不会多看谁两眼,以前我们彼此并不认识。我拿出干毛巾让他擦头上的水。明知这条小毛巾抹不干他那湿漉漉的头发,还是做出了关注的姿态。我知道,我的做法十分的表面化,十分的假招子。

福儿脸色灰暗,眼里布满血丝,精湿的头发配上那件污浊的绿色冲锋衣,像是从阴间偷偷溜出来的小鬼儿,也像菠菜堆里爬出的青虫儿,有些腼腆,有些猥琐,缺乏光明磊落的大气。他是北京玉泉营新发地蔬菜批发市场的一个临时工,终日混迹于进城的农民工和菜农之间,说话糙,常常将裤裆里的东西移位到嘴上;人也不修边幅,胡子拉碴,像是几天没洗过脸,指甲缝里的泥都是绿的;加之举止粗鲁,没有家教,坐在那里跷着二郎腿,两眼乱转,前后左右满屋胡踅摸……不招人待见。

这是我的侄孙,嫡亲的侄孙。

金家整出这样一个后代,让我遗憾。

我叫他来是为了一个电话。电话是玉石厂打来的,玉石厂让我去结切石头的账,顺便把那些切碎的烂石头拉走,说那些碎石头在车间里堆着有些日子了,影响卫生,有碍观瞻。我知道,拉石头是托词,要钱是真心,如今的世界,谁也不会给谁白干活。我对厂子说我跟那石头没关系,也不是我把它送去的,玉石厂大门朝哪里开我也不知道。对方说委托单子上留的名字和电话就是这个,既然找到了人就是没错,到这个程度赖账是没有气度的表现,不是君子所为。对方说话不客气,我气得摔了电话。很快,对方又不屈不挠地打进来,说再不结石头账他们就要走法律程序了。我说,几刀工费,区区小数,也要走"程序",小题大做了啊!

他们说,对您是小数,对我们不是,我们经营的生意都是一笔一笔抠着算的,连二十块钱的生意也要上账,积少成多,积沙成塔……

总之,他们本周之内要我必须去厂里了结此事,没有任何商量的余地,交情是交情,钱财是钱财,言外之意是我和他们还没什么交情。我才发现,我是被人装在套里了,装我的不是别人,就是我的一群孙男弟女们!我是他们留在这个世界上唯一的长辈,一个"少小离家老大回"的外地长辈,一个将他们认不全的陌生长辈。于是,坑长辈如同坑孙子,玩长辈如同玩狸猫,长辈不当冤大头谁当冤大头?

我被他们逮了个正着。

坑我的这群人中,我能叫来的就是福儿,福儿五十多岁,上世纪七十年代在云南中缅口岸跑过运输,大概实诚劲儿还未完全泯灭,一帮侄孙中，只有他把手机号码留给了我，其余的都如同烟一样地散了，散得迅速而隐秘，抓他们一抓一手空，哪个也逮不着。这是有意的。我看得出，福儿为留手机号这一举动在后悔，一脸的无奈，一脸的沮丧，一脸的不甘。

他不甘，难道我甘？

我自然没什么好脸色，逼着福儿给我讲了事情的大致经过。我问他凭什么让我去收摊子，他们背着我把那块烂石头拉进厂里的时候，哪一个跟我商量过？哪一个把我推到了头里？哪一个想起金家还有个老姑奶奶？到如今，弄了一屁股屎，该擦屁股的时候想起姑奶奶来了。

福儿说晚辈们没这个意思，事情绝不像我说的这么寒碜，他们是打一开始就把老姑奶奶顶在头上的，要不会把姑奶奶的姓名电话留给人家，因为大家心里都明白，任谁也兜不住这块石头，真要是个大宝贝，站出来说话分配的还得是姑奶奶。我说，哄鬼呀，你们的心思我都明白，填我的名号是瞒天过海，打马虎眼，填你们哪个你们都怕分不均匀，只有老姑奶奶不问世事，石头若是真东西，你们私下偷偷分了，大家白落；不是真东西，有老姑奶奶垫底，大家不损分毫，里外里你们都不吃亏！

福儿说我在和他们动心思，他们几个属于弱势群体，都是现挣现吃的平头百姓，有两个还下了岗，拿着低保，几个人中刘京的职位最高，在区办事处上班，不过是个股级。我想，所谓的刘京是外姓了，大概是哪位姐姐的后裔，就是那天派头很大、干部模样的孙子。我说，我不过是把你们小肚鸡肠戳穿了罢了，我和我的十几个兄弟姐妹，从来没在钱上动过心思，到如今却被孙子们套住了脖子，并且还往紧里拉,没意思极了,让人心寒。

福儿吧嗒着眼睛看着桌子上的一只镀金青蛙,有意拿在手里摸摸,似乎又不敢。我说,你们是钻到钱眼儿里了,上炕认得老婆下炕认得鞋,房顶上开窗户,为了钱六亲不认,这些年竟然没有一个到我这儿走走的,想的是老不死的是个累赘,多一事不如少一事,不想找这麻烦……

福儿一声不言语,对我难听的话语一概不接招,大有死猪不怕开水烫的架势。我说,你们这帮孙子不给老家儿添彩反添堵,你们的爷爷活着,不把你们扇得鼻青脸肿才怪。姑奶奶我是打不动你们了,搁过去,依着我的脾气得拿掸把子嗖嗖地抽,抽完了一脚把你们一帮鬼五锤六的踹出去。

福儿说,您那是疼我们。我们是该抽,要不您先抽我一顿?被长辈抽也是一种幸福。

看着福儿那副无赖相,我真想立马就扇他一个嘴巴,也就是一闪念而已,细想何苦,八百年不见一面,我连他老婆孩儿是谁都不知道,凭什么扇人家。息事宁人吧,将来还要在另一个世界和我的哥哥姐姐们见面……跟人家孙子打架,掉我的价!我说,算我倒霉,俗话说,贼咬一口入骨三分,我现在是让孙子们咬了一口,痛彻心扉!

福儿说,我们不会咬人,我们几个里头也没有属狗的。

整个一个浑得鲁儿,听不懂人话。

福儿说要喝水,我从冰箱拿了一瓶矿泉水,他不接,说,我从来不喝凉水,我跟我爸一样,进嘴的东西甭管好坏,哪怕是一碗稀粥,也必须是热热乎乎的。

人不怎的,讲究还不少!给他倒了一碗热水,我说,丑话说前头,明天到玉石厂你们得派代表跟我一块儿去,手纸我买,屁股还得你们自个儿擦!

福儿说,那是当然,那是当然。哪能让老姑奶奶自己动手拉石头!

福儿还告诉我结账可以刷卡,让我务必带着金卡银卡什么的。我说,什么卡呀,我带着你就成了。

福儿说明早十点他来车接我。我问为什么挨到十点才出门,他说,十点以前车腾不出来,不好借。我问什么车,他说拉菜的车,有三轮,有蹦蹦,也有客货两用的皮卡。我说,我也不是萝卜,咱们还是各走各的吧……

于是约好,十点玉石厂门口见,不见不散。临走,福儿又回身叮嘱了一句,您准去呀,咱们谁不去谁是××。

我说,放肆!

福儿走了,看着桌上的矿泉水瓶子我突然回过味儿来,这是怎么档子事呢,人家一个电话,来了个福儿,我就大包大揽了,就给人买擦屁股纸了,现在翻过来倒是我欠了他们,不去还是××,什么时候这角色就悄悄地转变了?

我怎么这么傻呀!

不就是那块刻着"唱晚亭"的石头嘛——

石头在我们家后园子里有年头了,至少从我十代以上的祖辈起它就蹲在那里了,没人理它,也没人在意它,它是亭子旁边的一个点缀,半截埋在土里,露出一个平平的顶,高矮正好如同凳子。漆黑粗粝的表面,让它显出一副憨傻呆笨之相,没有一点儿灵气,跟池子里玲珑剔透的太湖石比有天壤之别，不能同日而语。黑石头上有三个字镌刻浮浅，模糊不清，不知是出自我哪位先祖的手迹。父亲告诉我，石头上的字是"唱晚亭"和落款，父亲不说，我什么也看不出来，所以金家知道那字是"唱晚亭"的大概也就是我和父亲。刻着"唱晚亭"的石头是陪衬西边亭子的，亭子叫"唱晚亭"，其实石头什么也不是，就跟现在村口刻石某某村一样，标识而已。亭子是祖父时代盖的，充其量不过一百多年，石头却是来得早，据云是金家的老先祖虎尔哈奉命征讨平西王吴三桂，从云南陇川带回来的。带它回来没什么别的意思，就是为了纪念那个地方，纪念南征这件事情。传说陇川是个战场，有过一场恶战，这块石头就横在陇川的道路中间，石头上沾染了八旗子弟兵的鲜血，虎尔哈先祖在石头旁站立过，叹息过，唯此而已。先祖在南方打了八年仗，得胜回京，还没忘了这块石头，命部下将石头带回京城，放在自家园子里，想的是与战死的子弟们可以随时聚首，看见了石头就如同看见了那些命丧西南的巴图鲁，也是一点念想。

　　我翻阅过金家家谱，家谱中记载，虎尔哈先祖以武功见长，谱上记载这位先祖系布库少年出身，"投枪犹如龙出水，刺剑恰似蟒翻身"，勇猛得厉害。"布库少年"是康熙的嫡系侍卫，为了擒拿逆臣鳌拜，康熙委托索额图在皇宫庭院训练青年子弟摔跤、扑打、跳布库（一种满族舞蹈），以致鳌拜每每路过，非但不起疑心反而还驻足观赏，加以指点。康熙八年五月，皇帝宣召鳌拜进南书房议事，鳌拜刚进书房，布库少年们一拥而入，干脆利落地将这名骁勇善战、横霸朝廷的将军擒住，送入监牢。先祖虎尔哈也因此晋封二等侍卫，成了有功名的人。

唱晚亭　　**047**

儿时听父亲讲过"跳布库",老爷子也断断续续地给我比划过,"穿针摆水步"、"吉祥稳健步"、"奔马舞步"、"探海取珠步",看那动作,我总觉得像萨满跳大神,不会欣赏。父亲说满族舞蹈多了去了,布库以外还有"喜起儿",还有"莽势"。到我的曾祖父一辈,哥儿几个还能在庭院里列队跳"喜起儿",有的装作虎豹兽禽,有的扮八大人骑禺马,作追射状。八大人泛指八旗统领,我不知禺马是何物,父亲说禺马是木头马。我说,一帮大老爷们儿骑着木马在院里舞而蹈之,狩猎过家家玩呢,有意思。

父亲说,也不光是我们家跳,皇上也跳呢,康熙为了给他母亲祝寿,亲自"舞蹈奉爵",领众人舞蹈,极欢乃罢。

我的舞蹈模仿能力一直不行,记不住动作,曾经跟着父亲学过"三步锦"的几个身段,讲的是"男如雄鹰女似燕",却被我演化成了太极拳,继而成了八段锦,"双手托天理三焦,左右开弓射大雕"……新中国成立后跳集体舞,"找呀找呀找朋友,找到一个好朋友,敬个礼呀握握手,你是我的好朋友",我竟然像一只大扑棱蛾子,张着胳膊满场胡撞。

如同祖辈的功名代降一等一样,金家的舞蹈基因亦是代降一等,会跳布库的祖先,到了我儿子这辈,索性连"八段锦"也丢了,广播体操也做不来。不可思议,一向以京戏传家的东城镶黄旗金家,竟然是从舞蹈起家的。父亲说不足为奇,老祖宗们跳"喜起儿"的时候,徽班还没有进京,虎尔哈时代,能唱点儿曲子三弦,跳点儿布库就是很先进了。

后园的"唱晚亭"是座简单得不能再简单的亭子,四根白木茬的柱子,一圈窄窄的边凳,拙朴粗糙,记忆中除了我的老姐夫抱着酒坛子靠着亭柱喝酒,平时很少有人到这儿来。极清静的所在往往也是极热闹的地方,在我出世之前这里是个热热闹闹的歌舞场,要不怎么叫"唱晚亭"呢。晚饭后,金家的孩子们会主动在这里聚齐,家庭自乐班要开戏了。弟兄们各有各的角色,各使各的家伙,不用吩咐,很自觉地在亭内各就各位,摆出了一个演奏的阵势。各自拉出范儿,凝神聚气,先打出一通锣鼓经,《马腿儿》、《双飞燕》、《凤点头》,演奏完毕正戏方才开始。

老大不擅唱,但节奏感强,便充当司鼓的角色。那个鼓是当时京剧富连成班的创始人叶春善先生帮着挑选的,叶春善是叶盛兰的父亲,叶少兰的祖父,祖孙三代饰演小生,均是出名的角儿。叶春善不唯帮着我们挑选了鼓,还挑选了成套家伙,铙、钹、锣、板……帮我们家组织了一个完整的京剧伴奏乐队。老大离家的时候,带走了他的鼓,一走便再没有音讯,几十年过去,那个鼓想必已是皮破身残了。老二善月琴,还能演老旦,《钓金龟》一句二黄原板"叫张义我的儿啊"清亮透彻,不带杂质,颇有李多奎的韵味,每每受到众弟兄们的叫好。老三扮花旦,他的灵动妩媚常常遭到姐妹们的揶揄,大半是嫉妒,因为我的姐姐们谁也走不出老三那水上漂一般的步子。老四的老生唱得好,是北京名票,新中国成立以后在农业大学、北京大学都有过演出,以《四郎探母》的杨延辉最为精彩,尤其是"坐宫"与铁镜公主一个压一个的对唱,接得那叫天衣无缝,炉火纯青,无人能比。演公主的是我们的大姐,她的功力远远超出了金家的弟兄们,如若活着,应该属于艺术家范畴。每当她和老四唱"坐宫"一折时,大家都屏息静听,生怕错过了那精彩,直至老四亮着嗓子唱出"站立宫门叫小番"那个"番"字,霎时高八度的嘎调时,大家才松了一口气。老五是花脸,兼任丑行,在兄弟中插科打诨,别有一番风情。他是全能,戏虫子,生旦净末丑,缺了哪个角他都能充任,一度要出去下海唱戏,被父亲拦下,便与父亲离心离德,处处作对,时时地闹出圈去了。老六早夭,不在其中。老七唱功不行,但是可以拉胡琴,打扬琴,在"唱晚亭"的演出中表现得比较游离,不能投入。

我们的父亲,是每晚演出的主心骨,儿女们在亭子里歌唱舞蹈的时候,他坐在旁边的石头上拉胡琴伴奏。父亲那胡琴拉得,能把不会唱的人也托成了马连良,不听唱,光听父亲那琴,听那《柳青娘》、《夜深沉》、《万年欢》一个接一个的胡琴曲牌,那至臻至妙的音律便能让人陶醉,达到物我两忘的境界。

这样精致的业余生活一度成为了金家的骄傲,成为了亲戚朋友来串门的理由。热闹欢乐,歌舞升平,展示了这个家族的品位、闲适、自得和雍容。我年纪小,没有参与过那样的日月,但是和他们留下的物件有过接触,"文革"期间,我将那些锣钹镲们按废铜烂铁价格卖了十四块钱,那些老旧的行头也被我在"唱晚亭"前付之一炬……

清理"四旧"时还翻检出父亲写的一首诗,大概就是说"唱晚亭"的情景的:

子弟闲坐傍黄昏,唱晚亭内抖精神。
声声灵籁随风去,谁识无声是大音。

在我的哥哥姐姐们纵情歌唱的时候,坐在石头上的父亲已经进入了一样别路心态,胜地不常,盛筵难再,乐不可极,极乐生衰。从诗的内容看,老人家莫不是已经预感到了几十年后的凋零和无奈?预感到了金家后辈的杂乱与不肖？预感到了儿女们，包括他自己来路的多舛，结局的不妙？父亲臀下沾染过八旗兵鲜血的石头给了他一种什么样的暗示，让他写出了一首如此冷静出世的诗篇，难以揣摩。

几十年后，已经凋零散落的家赶上了二十一世纪的大拆迁，万丈高楼平地起，盘龙卧虎北京城，到处都是大工地，到处墙上都画着防狼一样的白圈，里面写着一个触目惊心的"拆"。金家的院落自然也在其中，歌舞歇，人气散，房子成了废墟，到处是断壁残垣，到处是窗棂瓦砾。在一个秋日的午后，我来到了自家即将清理的场院中，在砖头瓦块中狗一样地寻觅家的味道，跟一个时代，一种生活做最后的告别。人事改，寒云白，西风吹尽梧桐斋，那是别一番心境，别一样情愫。

北边的瓦砾下，露出几张发黄的纸片，小心地揭起来，细细端详：

　　正芬芳桃香李香，都题在宫纱扇上；
　　怕遇着狂风吹荡，须紧紧袖中藏。

是孔尚任《桃花扇》里边的句子，纸片应该是金家藏书的流散……心中难免有些依恋，有些悲凉，将那些烂书旧纸拢在一块儿，用砖头压了，让它们流落风尘，总是不忍，想的是走时一炬，将它们捎给他界的父亲、兄长们，或许他们还用得着。

远远地来了一帮人，闹闹嚷嚷冲撞过来，嘴里喊着，是这儿，就是这儿！

面对着这群人生龙活虎地逼近，我头也没抬，来者是什么人，是拆迁公司还是临时安置办，对我都无关紧要，这里已经不属于我了，属于我的只有凭吊的奢侈和追忆的落寞。这帮人在我周围散落开来，撬这儿摸那儿，抛开砖瓦，掀动房梁，目无旁人，主人般地坦然自在。

看到我正往一块儿归拢东西，一个干部模样的问我，你是谁？哪儿来的？

见我不回应，叉着腰立在我对面说，咳，问你哪！聋啦！

我反感这种不客气的口气，站起身反问，你是谁？！

干部回道，你管我们是谁？

我说，那你怎就管得着我是谁？

干部道，我有权力管。

我说，可惜你的权力有限！

彼此有点儿抬杠的意思了。那伙人围了过来。

一个人，就是后来的福儿，用脚踢了踢我拢在地上的东西，大概是对那些烂书本没兴趣，不屑地说，捡剩儿也不挑点儿好的，这些陈年废纸烧都烧不着，废品站也不收。

我说，把你那脏蹄子挪开！

福儿说，嘿，××小老太太还挺厉害，老丫的找不痛快是吧？

我说，张口骂人，亏了你的先人！

干部说，我们没亏先人，我呢，我怎也是国家公务员，你沦落到捡废品的份儿上，才是亏你先人呢。老太太，儿女不孝顺是吧，老而无依，惨哪！

我说，呸！

一女的操着东北腔说，你还挺横，倚老卖老吗？且轮不上你呢！

知道俺们是谁吗,俺们是爱新觉罗后裔,是这座大宅子的主人,你上俺们家来捡东西,经过俺们允许了吗?

我说,都他妈给我滚!

干部说,这老太太疯了!

……

听口气,这些人是和金家有关了,我看着他们,脑海里翻腾着他们应该是谁的子孙,却总是糊涂,最大的哥哥大我三十六,最小的老七也八十八了,母亲是填房,这使得我与哥哥姐姐们拉开了距离,使得我很晚才进入这个已经迟暮的家族。现在,哥哥姐姐们都故去了,我还活着。

一帮人很快对我没了兴趣,他们在阳光下的废墟中继续寻找可能得到的意外。女的说,我奶奶活着的时候说屋子里有楠木雕花隔扇,有镶螺钿的八仙桌,院里有茶叶末的大缸,那是圆明园的物件……

一个说,金家好像没分过家,如果有东西,应该属于我们大家。

干部补充说,不是好像,是压根没分过。

福儿说,可是现在什么也没有了,连根××毛也看不到了。

干部说,有人捷足先登了。

女的急赤白脸地说,那可是属于咱们的财产!俺就稀罕楠木桌子,现在的楠木,跟黄金一个价!金家的楠木,是经过历史考验的老楠木了。

福儿问我,捡破烂的,你知道屋里的楠木家什都让谁拉走了吗?

我说,让我卖了。

女的说,凭啥?

干部问,什么时候?

唱晚亭 | **053**

我说，1966年。

一帮人立刻哑了。1966年，他们大部分还没有出生。

女的用目光毫无顾忌地在我脸上扫来扫去，末了惊呼一声，妈呀，你们看她是谁？她是金舜铭咳！我在电视里看见过她……哪个节目来着，哪个来着……我还知道她小名叫耗子丫丫！耗子丫丫，没错，就叫耗子丫丫……

好生无礼！

我的眉头皱起来。

听说我是金舜铭，推及他们的祖父母，金舜锫、金舜锦、金舜锫、金舜锔，许许多多的金舜……一帮人的霸气立刻收敛了，连福儿在内，都显出了一副孙子模样，搬座儿的，递矿泉水的，扇凉风的……有巴结讨好的成分在其中。其实除了名字和他们的祖父母辈相近，他们对我的了解并没多少，不是那个女的咋呼，我敢肯定，他们谁也说不出我的一二三来。

女的向大家介绍，眼前这个老太太是姑奶奶，亲姑奶奶，写小说，整电视剧啥的，老有钱啦，耗子丫丫早早儿地就离开了北京……流落西北……

干部说，这么说您是少小离家老大回，乡音未改鬓毛衰了。

我说，应该念"cuī"，不是"衰"，您念错字儿了。

对方没听懂我的纠正，也没听出我不客气的揶揄，小眼睛快速地转动，有些聪明外露的彰显。

我在那一张张陌生的脸上努力寻找哥哥姐姐们的影子，徒劳。

女的说，姑奶奶，我是世伟的闺女，世伟，金世伟，1969年上了黑龙江兵团的……我们大前年才回北京……

干部说他是刘毅然的儿子,他奶奶姓金。

我一脸茫然。

女的说,我在电视上看见过您,要不咋第一眼就看您眼熟呢。说实话,您可不如电视上漂亮,那是化了妆的吧?我想您老在电视上露一回脸得不少钱,中央台,贼有钱!听说您老写一部电视剧能整一座小楼,俺们挣一辈子也挣不出三间房来!

干部说,俗!姑奶奶那是文化传播,不是为钱。

福儿说,都是自家人,自家人说话不用装,有什么说什么,有钱的就是有钱,没钱的就是没钱。

我明白自己遭遇了一群市侩。

记得有一回和演员陈宝国一块儿聊天,有人直截了当地问他,您演一集戏拿多少钱?陈宝国当时回答,你说我应该拿多少啊?

那人一脸的尴尬。

那人提的问题与今日孙子们问的有异曲同工之妙,可惜,我没有陈宝国的机智与幽默,面对众孙子,我的脑袋一片空白,以至他们自我介绍谁是谁孙子,谁是谁外孙,我竟然连一个也没记住,就记住了满嘴跑××的福儿,因为他的语言最有特色。干部说,听奶奶说,我小时候您还抱过我哪,您还夸我一脸官相!

眼前的人物尖嘴猴腮。

女的装作很有文化地说,虽然老宅什么都没有了,但是我在这里找到了老姑奶奶,这就是最大的收获了,从老姑奶奶身上我看到了金家过去,这气质,这派头,往那儿一站,比刘晓庆有派头,能镇住一大片,绝对的与众不同!

我说,镇谁呀,砖瓦堆里一个捡破烂的小老太太。

干部说,您甭跟他们一般见识,他们忒糙,没文化。

干部要去了我的电话号码,说是好随时请教,我就忽视了,他要了我的电话,可没把他的给我,一个不对等的交换。后来回味,敢情人家留着心眼儿呢!

那个福儿似乎对找着老姑奶奶没兴趣,这会儿正围着黑石头转悠,来来回回地看。我以为他在寻找上头的刻字,也是多事,过去给他讲了这块"唱晚亭"的来历。女的立刻回身找亭子,我说亭子在1958年就塌了,旁边这个土堆就是遗址。女的问亭柱是不是金丝楠木,我说就是普通的白茬松木。女的很失望。

福儿指着石头说,从云南陇川拉回来的,这就对了,我就是在陇川口岸倒腾农产品的。

说着,福儿从谁手里要了一瓶矿泉水,将水洒在石头上,脏兮兮的泥水从石头上流下来,使得灰暗的石头更加灰暗,面目不清的石头更加面目不清。福儿又要了几瓶水,呼呼啦啦全浇上去,石头周边立刻泥泞一片。众人不解他的意图,说他在作死,女的使劲嚷嚷说把她的白裤子溅脏了。

只见福儿不顾脏湿,俯身在石头上,仔细察看,末了又问谁身上带着打火机。都不明白福儿想干什么,干部迟迟疑疑将打火机递过去,福儿接了,打出火苗,用手捂了,在石头上仔细照。女的说,照什么照?太阳是真火,比什么不亮?打火机那点亮跟太阳比早吓得没影儿啦!

福儿环视了一下众人说,知道陇川在什么地方吗?告诉你们,陇川紧挨着缅甸,知道缅甸出产什么吗?缅甸出产玉石翡翠,中缅口岸常有这样的黑石头一车一车往咱们这边拉,黑石头里包的全是翡翠,现在翡翠是什么价？拳头大的翡翠价值十几万！

福儿说这话认真而严肃，破天荒地没用××口头禅。干部说，你能断定它是翡翠？

福儿点点头。

女的像刚才发现我一样，再次惊呼，妈呀，这大翡翠，比金丝楠木值钱多啦！这回咱们是真发财！哎呀，福儿你说你咋这么有福哪！

干部纠正女的说，是咱们大家有福，不是福儿一个。

福儿说，我就知道，老祖宗千里万里把石头运回家里绝不是平白无故，咱们家的老祖宗是有眼光的，他早料到了有这一天。

不是福儿来我家，给我的讲述，我不会知道以后的事情，正如那块刻着"唱晚亭"的石头，地表露出的只是一小部分，更大的内容还在地底下一样，那日孙子们与"唱晚亭"的初遇，也不过是一通锣鼓经的敲打，仅仅开场而已。

福儿告诉我，那天晚上孙子们又去了一趟老宅废墟，是有准备而去的，福儿很内行地花三百块钱买了一个看石头的专用手电，在专业电光下，几个人在夜色中将那块石头再一次细细审视定夺。福儿说他在石头的表面窥到了绿色，那绿色精灵般地一闪而过，就再也找不着了。有绿是内里有翠的象征，这块来自云南的石头不是普通的石头，它在缅甸边境，准是哪个从那边运过来，遇上战争，丢在大路上也未可知。因为路当间撂块大石头是件没法解释、不可思议的事情。大家都说福儿分析得没错，纷纷用手电在上头照，你照完了我照，我照完了你照，有的说看见绿了，有的说看见黄了，有的说什么也没看见。最后的结论是先把它从土里挖出来，看看它下头究竟还有什么东西，

唱晚亭 | 057

毕竟它的大半截还藏在地底下,也没准下头就是玉石翡翠金刚钻呢。电光和声响引来了治安巡逻队,几个人被巡逻队问话,巡逻队实在也拿不准这些人的对错,为一块烂石头,好像也没触犯法律,也都有正当的身份,并且都能证明是金家后裔……到拆迁废墟上找点自家东西也是人之常情,加之孙子干部还和巡逻队的头目在工作上打过交道,问了几句话人家就走了,走时还反复交代,注意安全。

石头是第二天上午请了三个民工挖出来的,偌大一块,出乎所有人的预料。那个露出地面的平顶,对挖出的整块石头来说不过是个小尖,"唱晚亭"三个字全部露出,也变得十分清晰。面对着这块刻着"唱晚亭"的大石头,大家都有些束手无策,不知道怎么处理才好。还是福儿有主见,拉来了水管子,对着石头使劲滋,滋完了几个人上去用刷子刷,折腾大半天,总算露出了庐山真面目,一块略带绿色的粗黑石头,坑坑洼洼像个巨大的土豆。福儿激动地说,××应该就是这个样子,一点儿不差,就是这个样子。

在场的孙子都很激动,透过那层黑皮,他们仿佛已经看到了里面绿光闪烁的翠,这块大翠,全北京怕也找不出第二块,如果说拳头大的一块值十几万,那眼前这个……无法估量!

女的兴奋地说,哎呀妈呀,我咋一下就阔了呢,阔得我跟做梦似的,回家我得让全家给金家老祖宗磕头!

福儿说,今天在场的金家人,人人有份儿。

干部说,外孙子也有份,时代不同了,男女都一样,在遗产面前,人人平等!

接下来大家讨论怎么把这块"大翠"切开分了,而且要分得均匀。

一孙子说,也别高兴太早,石头里也未必是满满当当的翡翠,鸡蛋黄似的,只是个心儿也有可能。

女的说,我想它是个肉包子,外头一层薄皮,里头都是馅,老先祖是见过世面的人,在皇上眼皮底下当差,什么宝贝没见过,他看准的东西不会错。

福儿说,哪怕里头的宝贝是个铁锅那么大的核儿,也够咱们受用几辈子的了。

依着大伙,就要往玉石厂拉,是虚是实,刀下见菜,立马分宝。还是干部心细,他说得找个专家先鉴定一下,有谱了再往玉石厂拉不迟,这大家伙近乎两吨,搬离此地也不是件容易事情,万一里头什么都没有呢……

福儿说,不可能!

女的说干部,闭上你的乌鸦嘴!

干部说,知道吗,咱们现在可是"赌石"呢,大凡挨上"赌"字,它的几率就是百分之五十。

一孙子说,百分之十也行,我们乐意。

女的说,对,百分之十也行。希望总是有的,切开还有百分之十,不切什么没有。什么叫撞大运哪,这就叫撞大运!

稳妥起见,下午福儿还是请来了"灵翠轩"的老郭,让行家帮着掌眼。老郭是云南德宏人,以前一直在瑞丽石头早市上摆摊,专门卖翡翠矿毛石,千八块、万八块,也有几百块钱一块的毛石,用红漆标着号,堆在摊子上任人挑选。石头中也有论斤称的,六十块一公斤,据说也有人从里头买出过玉石来。摊上摆桶水,搁把手电,让买主自己挑,挑好了里头有翡翠,挑不好,就是一块普通石头。其实摊上的每块石头卖主都仔细研究透了，吃这碗饭的，心里得有底，但也有看走眼的时候，人心还隔肚皮呢，何况石头。人心可以用X光，用B超照，这石头是任嘛仪器也透不进去的，有与无，好与不好，谁也说不准，苍黄反复，万千变化，都在一瞬间，所以，要赌石，必有极强的心理承受能力，担得起霎时的大起大落，否则不要染指其中。

老郭的生意不错，为人也公道，在云南干了几年，就到北京来发展了，还是经营石头，有了自己的门面，也有了一帮熟识的顾客，没人再叫他老郭，都叫郭老板了。郭老板随着福儿来到拆迁废墟，孙子们正如大旱盼云霓一样地盼着，迎出老远，将大师拥到"唱晚亭"石头跟前。大伙七嘴八舌，看见绿了、看见红了地对大师一通猛说。

郭老板不动声色，也不接大家的话茬儿，围着"唱晚亭"转了一圈又一圈，抽了三根干部递上去的"黄鹤楼"，还是不说话，把大家的心撩拨得猫抓一样难受。末了，郭老板扔了烟头，慢慢地说石头是黑乌砂，又问是从哪里弄来的。福儿说中缅边境，大概是从那边运过来，正遇上打仗，就扔半道上了。郭老板说，按说是出在老坑，可是如今老坑基本上淘光了，连西瓜大的料也寻觅不到了，眼前这块石头……出处有点……含糊。

福儿说，郭老板您说的是现在，现在老坑没大石头了，可这块石头两百多年前就蹾在我们院里了，那时候连乾隆爷还没出世呢！

郭老饭说，你这么说，我再看看。要是老坑的黑乌砂里头或许还真有货。

郭老板又围着"唱晚亭"转，用自带的更高级的电筒往里照。

大家屏息等待，都知道这个行当的水太深，不敢轻易说话。

又是三支烟，郭老板拍拍手上的土摇摇头说，好像没戏，皮壳发灰，没有灵气，一般的石料罢了。

福儿说，您再仔细看看，上头有绿呢。

郭老板说，有绿不假，那绿都是浮面上的，是苔痕，年深日久在园子里待着，面上不绿也得绿了。

福儿说，我明明看见了绿，绿就是翠，在云南跑了几年，我知道这个。

女的说，要是一剖开，里头满是绿翠，我先打十个镯子十个项链，全戴上！哇，我简直就不是我了！

郭老板说，要是满绿高翠，那您就发大发了，可那只是您的一厢情愿。

干部说，依着您，这块石头它什么也不是？

郭老板说连串皮绿也算不上。干部问什么是串皮绿，老板说就是外表一层绿皮儿，内里是实打实的石头。

大家一听都有些失望，敢情折腾半天，挖出块石头，还雇人白花了工钱，那仨民工，一个工两百呢。

连串皮绿也算不上的"唱晚亭"蹾在夕阳下一副破败的寒碜相，蓬头垢面，形粗色黑，让人哭笑不得，都觉着金家的老先祖一定是脑袋进了水，拿着后代的热情在开涮。一时怨声四起，大骂先祖是傻×。骨朽人间骂未销，先祖大概自己也没想到，骂的竟是自家的直系后代。

郭老板说，也别泄气，大傻石头有大傻石头的用途，我的一个朋友最近在京郊房山盖了一院房，荒郊野地，托我弄块石头镇镇院子，我看这块就合适，傻大黑粗，没有形状，有股愣劲儿。

没人言语。

唱晚亭 | 061

郭老板说，你们开个价儿，卖多卖少也是给它找个归宿，比扔这儿不管强。

福儿毫不犹豫地张口道，三万！

干部立即插嘴，少了，十万！

女的说，四十万！

拍卖会似的，"唱晚亭"在金家后人的嘴里一下飙升到了五百万，人人都像打了兴奋剂。

郭老板说，漫天要价，就地还钱，我出一千，买了。

福儿说，怎么一千?! 我们挖它就花了六百！

郭老板说，我是按废料石买的，我不要，它就作为建筑材料深埋在地基下头了，永远不得翻身，永远见不得日月之光。我买它是看它敦实厚重，深沉老旧，出自贵胄之家，还能起点镇宅作用……这块石头给你们谁，你们也不可能弄到家里去。

女的说，一千块，你哄孙子呢！

郭老板说，别以为一千少，买家出的可不是一千，他两万也打不住，首先得吊车吊，得大卡车拉，拉到百十公里外的房山去，再加上安装费……你们说说得多少钱哪！

干部说，石头是个文物，上头还有"唱晚亭"三个字呢。

郭老板说，这个我懂，乾隆朝以前的叫文物，连出口都被限制，乾隆以后的不在此列，属于艺术品。您家这个"唱晚亭"下头有款，是光绪年刻的，光绪年的东西就跟这石头一样，什么也不是。再说，"唱晚亭"这仨字，到了我朋友那儿就得凿了，"唱晚亭"，不吉利，太阳落山了，夕阳西下还唱个什么劲儿呢？大清王朝还不就是奄奄一息的时候，被他的子弟们莺歌燕舞地唱完了！

郭老板扫视了一下众人继续说，凿了"唱晚亭"人家要重新刻，刻上"泰山石敢当"！那才是真正的物有所用，对我和你们来说，这也是没辙的辙，我全是替你们在张罗。

于是又重新要价，最后三千块要成交的时候，被干部叫停打住，他说不卖了，别说三千，就是三百万也不卖了。

太阳的余晖中，"唱晚亭"的石头旁，同一个地点，同一个时间，一群金家子弟同样在叽叽喳喳，与他们的祖辈比，没了热闹的锣鼓经，没了悠扬的西皮流水，他们闹腾的是另一个话题——钱。

郭老板一赌气，走了。

有人埋怨干部，该出手时不出手，现在郭老板走了，大家连三千也没落到手，空守着一块破石头，吃不能吃，看不能看，只有一个结果，扔！干部说，郭老板在使障眼法，在手段上这叫欲擒故纵，明明是块带绿的石头，却非说它发灰，说它什么也不是，一钱不值，临了又要把石头买走，说是为朋友，骗鬼呢，谁不知道房山是出石头的地方，故宫太和殿那些雕着龙的大石头哪儿来的？房山来的！现在他要把京城的石头往房山背，可能吗？可惜他这瞎话没编圆，云南的土豹子在皇城根底下跟咱们斗心眼儿，还差着行市。

干部这么一说，大家都立刻觉得是这么回事，为三千块钱，差点儿就把宝贝丢了。好险！

适得其反，郭老板的举动坚定了孙子们对"唱晚亭"的信心，在大家的心目中，这块石头不是翡翠也是翡翠了，看那石头光彩温润，真真地泛着绿光，里头的翠分明已经透出来了，丰年玉，荒年谷，地里的石头到了它该出来的时候，本身就是祥瑞，就是上天的暗示。石头是老祖先留给后人的一份巨大遗产，运气来了，挡都挡不住，老祖先给了，他们没理由不接着。

"唱晚亭"，这块韬光养晦的大灵石。

祖宗万岁啊！

他们怎么把"唱晚亭"弄进玉石厂的我不知道，反正在场的孙子们是一个不落地跟着石头一块儿进了玉石厂。

福儿告诉我，卸石头的时候着实把工厂的人吓了一大跳，他们从来没见过这么大的石头来开解，那一刀下去，得解几天。但是孙子们都很理直气壮，告诉厂里负责人，尽管切，东西是真东西，切下来一小块尽够付账，这事绝不会含糊。厂方说不要石头，要工费，于是，我的名字、电话号码就被做了抵押。

"唱晚亭"被运到了切割机旁，不，应该说切割机被运到了"唱晚亭"旁，工人征求主家意见，是剥皮还是尽着边缘切片，众人异口同声，从当间切，一劈两半，怕工人不明白，福儿还补充一句，就是《宝莲灯》沉香劈山救母那种劈法。

工人建议说，磨皮不伤料，都是先磨个窗户看看……

一孙子说，用不着，这大的料，反正也是得分的，一刀下去，水落石出，大家痛快。

工人说，玉石厂从没这种解法，这一刀下去不是一时半会儿的事，工费也不是一二百块……

干部说，让你切你就切，没有先例的事多着呢，我们的老先祖把它从云南运回来，在家里藏了几百年，这件事本身也没有先例。

工人说，既是这样，那我们就切了。

大家都说，切！

工人说，你们想好了？

大家说，我们不用想。

铡砣哗啦啦转动起来，在金属与石头接触的刹那，发出了惊天动地的声响，火花四溅，粉末飞扬。石火电光中，一帮人吓得直往后退，惊惶失措地四下环顾。我没在现场，但是我能体会到那激烈的声响，是痛苦的尖叫，是绝望中的挣扎，是硬性的剥离，是无助的呼救，撕心裂肺啊！

我至今相信万物都是有知觉的，一块石头，一粒尘埃，一条河流，一座山峰，它们都有情感，都有生命，都可以和人沟通，包括我们使用的桌椅板凳，包括我们食用的酱醋油茶，它们默默地为我们奉献，无言地做出了牺牲，我们应该感念它们，关爱它们，惦记它们。

更何况这块沾过旗兵鲜血，听过金家歌唱的石头。

铡砣进入了平缓的切割，哗哗的声响尖厉刺耳，有管子不住地往切口处浇水，泥浆从伤口处流出，汩汩不绝，颜色微微发红发黄。孙子们站在旁边处于紧张状态。一个说，怎的流红汤？不是满绿高翠吗？

一个解释，翡是红的，翠是绿的，这一刀下去八成是碰上翡了。

女的问工人，翡值钱还是翠值钱？工人说都值钱。

福儿和干部站在拉了口子的"唱晚亭"旁边，一根接一根地抽烟，目不转睛地盯着铡砣的转动，盯着那许久也不下移的切口。我想象着分解"唱晚亭"的情景，那哗啦啦的切割中，细细分辨，难免不会冒出一两声京胡《夜深沉》的悠扬，流放出半句"我本是卧龙岗散淡的人"的吟唱；那流淌的凝重的液体，谁又能保证里边没有血的成分在其中……

工人说石头太大，剖解开来得三天，让大家不必都站在这儿耗着。于是大家纷纷散去，说好，开石头的时候众亲属必定得在场。

不知什么时候他们成了石头的亲属……

福儿不走，他说他要在现场盯到底。工人说，您不走我们也得走，我们还得下班吃饭睡觉哪，再说，这铡砣也不可能连轴七十二小时旋转。

三天，把孙子们熬得如坐针毡，痛苦难耐。有的给祖宗摆起香案，开始吃素；有的睡不着觉，晨昏颠倒，大把大把吃安眠药；有的避绝房事，跟老婆分床而睡；有的天天念《金刚经》，想的是借《金刚经》和"金刚钻"的谐音……八仙过海，各显其能。孙子们扔下工作天天往玉石厂跑，都是"打的"，没人再心疼"的"钱，马上要成巨富了，巨有钱的富翁还在乎那点小工资？在乎按点打卡？还计较每公里两块钱？

玉石厂还没开门，他们已经在门口候着了，人人心里演绎着发财以后的幸福生活，个个脸上都是神经兮兮的模样，说话的声调全是低低的窃窃私语式，让厂里的工人很是莫名其妙。第四天早晨，"唱晚亭"到了最后开解关头，孙子们齐齐地都到了现场，女的还拿了一瓶二锅头，准备庆祝。干部说二锅头不好，应该拿香槟，女的说，知道用香槟，你怎不拿？马后炮！

"唱晚亭"一条线已经切割到底，只是还没有分开罢了，装石头的时候玉工便很有经验地装了两辆车，如今只要把两辆车推开，石头就自然而然地分离了。依着石工的规矩，石头上系了一圈红绸子，结了朵大红花，透着喜庆热闹。工人让金家的后裔剪彩推车，福儿说，别走那××形式了，你们拽开就是了。

干部说形式还是要走的,这石头宝气逼人,见宝贝如同见祖先,不可没有仪式,不能太草率了。说着从工人手里接过剪子,环视众人问,谁上?

女的伸手抢过剪子说,我来,我是全和人儿,上有父母,下有儿女,福分大。

一孙子说,这也不是娶新媳妇,找送亲太太,讲什么全和人儿!

干部刚要阻拦,只听咔嚓一声,大家还没回过神儿来,红绸子落地了。

剪彩仪式完成,几个工人把两辆车往两边推,摆成了一个"八"字,将两个切面完整地晾在众人面前。石破天惊的时候到了,在场的人心都跳到了嗓子眼儿,女的甚至紧紧地闭了眼睛,不敢睁开,嘴里不住地念阿弥陀佛。半天没听见动静,眼睛睁开一条小缝,不看石头,先看玉工的脸。玉工的脸定得比那个郭老板还平,没有任何表情,再看石头,切开的两扇石面比玉工的脸还平,没有眉眼。

用福儿的话来说,当时他的两条腿在筛糠,顺势找了个地界儿坐下了,他已经无力支撑自己的身体,全身的精气神儿在那一刻轰塌了,散了。解剖了的"唱晚亭"表里如一,刚直不阿地挺立在那里,从里到外,黑中泛灰,没有光泽,冷峻无比。那里头没有红翡,没有绿翠,一副不仆妾色、不效犬马的生冷硬倔,平静地面对着众人。

干部说,它怎是个这?怎是个这?

工厂管事的端着小砂壶踱过来说,不足奇怪,它就是个这,面对现实,您得跟它一样做到心静如水。

干部说,我心如死灰。

管事的说,您这还算是好的,里头一满石灰地儿,往好了说,还

唱晚亭 | 067

能雕个小狮子蹲门口,也是个物件。前天一拨人开了块石头,全是狗屎地儿。后来在狗屎地儿里硬是掏出一块指甲盖大的黄玉来。

干部的眼睛发直,脸色铁青近乎石头,他说他不相信这块大石头里就不藏点什么宝贝,来自缅甸老坑的黑乌砂,绝不可能以这样的面目示人,他对石质的深处充满希望,自信宝在其中。大家也说他们都满怀信心拭目以待,斩钉截铁地对工人说,再切!

工人问,怎么切?干部说,横着切!

玉工看了看管事的,管事的说,主家让切咱们就切,石头里头的事儿任谁也说不清楚。把人家的好事耽搁了,是咱们的不是,咱们不能落埋怨。

玉工暗示这块石头的质地不可能切出大家预想的玉石翡翠来,但是众人已经听不进去了,起哄一般嗷嗷叫着,让人横着再切第二刀。

福儿说,云南石头行有俗话,一刀穷二刀富,三刀劈麻布,咱们这第二刀下去肯定要出现真货,二刀富,这是经验之谈。

女的说,在这庄严肃穆的时刻,你张嘴××,闭嘴××,福气宝气都让你××完了,快上你的新发地卖菜去吧,少在这儿瞎嘞嘞!

福儿说,最应该回避的是你,女人就不应该在这种场合出现,晦气!

一孙子说,还要争着剪彩,都是让你剪坏了!败家的娘们儿!

几个人呛呛起来,福儿抓过那瓶二锅头朝墙上摔去说,还弄什么××二锅头,二锅头,二锅头,不切第二刀到不了头!

孙子们纷纷参与进来,将各自的失落努力发泄,一时杂乱的争吵伴随着哗哗的切割成了"唱晚亭"畔的又一种交响。

横着又挨了一刀,"唱晚亭"的劫难到了。

下一个结果是第二天得出的,里面依旧是灰茬子。

于是,第三刀、第四刀、第五刀、第六刀……"祸莫憯于欲利,悲莫痛于伤心,行莫丑于辱先,而诟莫大于宫刑"!

孙子们疯了!

"唱晚亭"变成了一堆一小块一小块的碎石头。

众孙子作鸟兽散。

我在玉石厂门口等待福儿,约好十点,快十二点了还不见他的踪影,想必是遁了。打手机叫了几次,都是"无法接通!",看来是把老姑奶奶直接晾在厂门口,自己甘当××去了。

和厂里接洽,管事的把我领到"唱晚亭"跟前,迎接我的是一堆黑灰的碎石头,每块石头都有棱有角,有几个剖面,承载着切割的痕迹。我没想到切开来的"唱晚亭"会是比房还高的一堆,怀疑厂家在里头夹杂了其他垃圾石料。管事的说,您放心,全是您家的,一块不少,都堆在这儿了,您那几位亲戚谁都不要了……也是,都住楼房,谁弄回这些碎石头也没地方搁。

我蹲下身,抚摸着那些石头,抚摸着粉身碎骨的"唱晚亭",石堆里泛出轻轻的吟唱:

　　……是那处,曾相见,相看俨然,早难道这好处相逢无一言……

是《牡丹亭》,这曲子"唱晚亭"应该听过。

一曲挽歌,泪如雨下。

管事的托着茶壶站在我身后，不催也不言语，对文化人的精神病行径，大概他看得多了。半天，管事的说，您要是有困难，这些石头我们可以代您运走，运费您出。

只好这样了。我问多少钱，管事的说没多少，几百块。我问送到哪里去，管事的说送到料石场，进一步粉碎了当建筑材料，他们的石头下脚料都往那儿送。

为"唱晚亭"送终，没想到这件让人伤情的事情竟然落在了我的身上。也是最后的缘分了，我随手捡了一块石头，用手巾包了，装在提兜里，权当个纪念，石头一场，人情一场，尽了。陇川、北京、玉石厂；鲜血、轻歌、嘈乱仄……

完了。

结算工钱的时候让我吃惊，那首先下去的两刀每刀竟有千元，以后逐渐递减，最后每刀二十块，那一堆碎石头，称得上千刀万剐啊，金家的后人找宝心态之狠让我不寒而栗。

"唱晚亭"是被凌迟处死的！

再没有心思跟厂方计较那些复杂的刀数，如同不忍细数一个亲人遍体的伤痕，最后厂方会计开出了一个天价工费，我如实地交纳了，买纸擦屁股，替我的孙子们。

当时没有那么多现金，是刷卡的，输入密码的时候我的手在抖，怎的也按不准那几个小小的键。我交钱，无形中是我切割了"唱晚亭"，自己毁了自己的心爱，自己毁了自己的慰藉，天哪！

大病一场，想的是生命会随着那块石头而去了，却又慢慢地缓过来。

有一天，文友白描来家探病，我们都是来自陕西，来自西安文坛，关系自然近了一层。他在书案上见到了那块从乱石堆里捡回来的石头，石头呈多边形，切割的痕迹清晰如昨，惨烈状况不能掩饰。我给白描讲述了"唱晚亭"的故事，讲得我几度哽咽，眼泪汪汪。白描将石头拿在手里细细地看，用水冲，用手电照……我知道，白描近几年在玉石研究鉴定上成了大家，是中国玉器的鉴评家，随便一块石头，只要他写张条子，石家就买账。

白描对我说，你这块石头里有翠。

我说，不可能，从大石头上切下来的，多少人都看过了。

白描说，是真的有翠！

深圳在北纬 22°27′～22°52′

邓一光

夜里他又做了梦,梦见自己在草原上,一大片绿薄荷从脚下铺到天边。

他很兴奋,从粉红色花丛上一跃而过,冷冽的风把耳朵吹得生疼。

然后他就醒了。

他看了看床头柜上的闹钟,下半夜两点。她睡得正熟,习惯性地蜷缩着身子,一只胳膊无助地举过头顶,一绺头发耷拉在脸上,嘴嘟噜着,婴儿般贴在他的小腹上。

他从梦中醒来的时候,她吧嗒了两下嘴,扭过脸去,再扭回来,吮吸住他的小腹。她喜欢用她的嘴。她的头发很柔软,搔得他痒痒的,忍不住想尿尿。

窗外的北环立交桥上有载重货车驶过,听声音像是碾过一段长长的雨水。

他决定不起来喝水,就那么躺着,说不定可以接着睡,假使他不去想什么的话。

最近他老是在半夜里醒来。有时候是凌晨。如果不想什么,大多时候他可以接着睡，到早上再醒。但他还是忍不住要想。

最近他经常想一些事情，那些事情让他心里不安。

比如这个时候，他就想，他怎么会在草原上？他在那里干什么？

好像他是一个人，没有别人。也许一只巨大的黑色褶菌上徘徊着几只橘翅舞虻，一大丛暗黄色大茴香下藏着一匹小眼睛旱獭，梦中，他没有注意到这个。

他明明看见一大片绿薄荷，叶端上生着金色的斑点，它们从他脚下一直铺到天边，他怎么就能一跃而过？

还有，绿薄荷的花是淡紫色的，他在梦里看到的绿薄荷却分明开着粉红色的花。

他这么想着，脑子越来越清醒。他不认为这是值得提倡的事。

这段时间公司很忙，是梅林方向出关道路狭窄的事，市民意见很大，政府扛不住压力，拓宽改造工程正在节骨眼儿上。他是监理工程师，有些疲于奔命。负责业务的公司刘总工吼过来，胡副总工程师再接着骂，他觉得精力越来越不够用，睡眠再不保证，情况会变得很糟糕。

他还是起来了，去盥洗室，处理掉膀胱里的存液，再去客厅接了一杯纯净水，靠在鞋柜边，一口一口慢慢喝水。

窗外星辰亮得耀眼，载重货车依次驶过。他知道它们并没有碾过雨水。北环立交桥刷黑工程刚结束，也是他来监理。减噪板没来得及装上，问题出在这里。

杯子里的水喝光了，他转动着空杯子，困惑地想是不是应该再续半杯。

纯净水很清凉，尤其在万籁俱寂的时候。

深圳在北纬22°27′～22°52′ | **075**

他靠在鞋柜上想，他不是第一次梦到草原，最近好几次做梦，他都在草原上。深圳在北纬22°27′~22°52′的南海边，南海没有草原，这一类梦与他的生活似乎找不到必然联系。

但为什么他老是出现在草原上？他弄不懂。

他去厨房洗了杯子，把杯子收好，关了灯，回到卧室。

他发现她已经起来了，盘腿坐在床上，人发着呆，锁骨下有一条浅红色压痕。

她的锁骨很漂亮，胸脯也是，这弥补了她肩宽的缺陷。

有一段时间，她怀疑他是因为她漂亮的锁骨才和她上床的。"你这个卑鄙的引诱犯。"她对他说。

但那么说过以后，她仍然保持裸睡习惯，而且喜欢打开屋里所有的灯。她宣称这符合肉体和精神完美结合的梵我一如境界。

"等着吧，我的乳房总有一天会耷拉下来，你总有一天会暴露无遗。"她快速冲到他面前，大声冲着他叫嚷。

她伶牙俐齿，作为一名优秀的瑜伽教练，她有一张了不起的嘴。

"你怎么啦？"他说。

她没理他，腰身笔直地端坐在床上，目光涣散，不看他。一绺柔软的散发滑落到她的脸颊旁，不注意会以为是阴影。她的两条腿几乎收到了胳膊上。她在神游中也保持着曼妙的姿势。

"睡吧，"他说，"不到三点。"

他上床睡，拉过被单盖住自己。她还呆呆地坐着。

他再一次问她怎么了，稍后打开床头灯。他发现她在流泪，无声无息，脸上湿漉漉地印着浅浅一行。

他坐起来，还没来得及问下一句。她向他挪来，窝进他怀里。他感到肩膀上热乎乎湿了一片，心里轻轻颤了一下。

"又做梦了？"他说。

"雨把我冲到泥水里了。"她委屈地抽搭一声，"雨大极了。我的脑袋撞在一片叶子上。叶子上全是湿透的虫子。"

"没事。"他轻轻拍她的背。那里有一层细细的粉质，凉沁沁令他留恋。"没事了。"他说。

他安顿她重新睡下，为她盖好被单，关上床头灯。

她很快睡着了，身子蜷缩起来，蛾蛹似的钻进他腹下，嘴唇贴在他小腹上，吮吸着。

他没睡着，完全清醒了，睡不着了。

整个白天他都在工地上没头没脑地奔波。

刘总工两天前入院了，累得吐血，抢救了一次，输了好几百CC别人的血液。胡副总一上午来了三个电话，下午索性杀到工地，下车就开骂，什么话脏骂什么。

没有人偷懒。在深圳你根本别想见到懒人。深圳连劳模都不评了，评起来至少八百万人披红挂绿站到台上。但没有人管这个，也没有人管你死活。深圳过去提倡速度，现在提倡质量，可在快速道上跑了三十年，改不改惯性都在那儿，刹不住。

他累，却只能忍着，无处可说。

他对自己越来越不满意。工作压力倒没什么，谁都有压力，问题是他不应该再给自己施压。而且，他不能把自己的压力带给她。

他发现她最近也开始多梦了，还都是那种情绪焦虑的梦。

他们已经决定结婚。两个人不是头一次进入婚姻，但他们认为有必要格式化对待对方。

"反正都要下地狱,那就结个伴下好了。"她开玩笑说。

她还开玩笑地问他,为什么他不去储存精子,也许他的精子里隐藏着一个或者一群天才,那样她就赚大了。

他当然不会选择让科技来掺和他的事。孩子可以过几年生,但他得自己解决这件事。

他三十八,她二十七,他对自己和她信心十足。可他最近老出神,这就不对了。

晚上回到家,他们说到她昨晚的梦。

晚上本来加班,带班的是理工大的校友孟工。他问清楚,布吉那边出了事故,胡副总今天肯定赶不来查岗,他就向孟工请了假。

公司严格按照《劳动法》支付加班费,工时成本和管理费这一块公司向来大方,这也是为什么很多人宁可累得不再有性爱,也坚持保住这份工作的原因。

"国家早解放了,个人的解放早着呢,就算咱们为自己打一次抗战吧。"孟工苦笑着对他说。

平时他从不赖掉加班。倒不是为了加班费。他的薪水不低,如果结婚,他能应付楼价高居不下的压力。他只是想在老板面前挣个好印象,以后有机会做项目经理,这样就不用替那些愚蠢的官僚们顶缸受罪了。

她告诉他昨晚的梦。她在梦里又变成了一只蝴蝶。这一次,她在热带雨林里快乐地飞翔,没想到遭遇上劈头盖脸的雨。前两次她在奇怪的地方,一次是气候干燥的北非沙漠,一次是冰雪覆盖的南极。在北非的时候她能开口说话。在南极的时候她不能说,用的是哑语,因为不习惯用触角或足打手势,差点儿被一只帝企鹅误会了。

"你一个人?没有别人?"他问。

"是蝴蝶。一只蝴蝶。"她纠正他。

"我是说,就没有别的蝴蝶陪伴你?不会吧?"他改口。

"你不会是小心眼儿吧?我要说有,而且是男蝴蝶,你又要去露台上抽烟,对不对?"她嘲笑他。

他们在厨房里。她忙着清洗紫包菜和甜椒。他替她打下手,去冰箱里取千岛酱。她还打算做一个汤,回家时她带回了刚出荚的青豆。

然后他们吃饭。

她在节食。从八岁开始,一直坚持到现在。

她是个素食主义者。认识他以后,她也不让他吃红肉。在充分考虑过戒烟导致的副作用,并且咨询过专家之后,她同意他每天吸烟不超过五支,烟的牌子必须是"五叶神"。

"我不想离开一个大粗腿,又落到一个大肚腩手里。"

她说的是她的前夫,一个过了气的拳击教练。对一名拥有傲人身材的瑜伽教练,这个要求并不过分。

"那么,雨是怎么回事?"他配合地问,把一勺清水煮燕麦喂进嘴里。

食物简单而精致。一大钵蔬菜沙拉,"吉之岛"能提供的新鲜品种几乎一样不少,然后一人一碗燕麦粥。

他在餐桌前正襟危坐,一个人。她不在饭桌边。

她从不坐着吃,端着盘子满屋走动,一眨眼在这儿。一眨眼在那儿,饭桌只是她取食的地方。

她从来没有耽搁过取食,也没有胃病,这一点让人生气。

"一直阳光明媚。微风。我在一大片金合欢林子里飞着,雨就来了。"

她盘腿坐在沙发上,用一把干净的勺子喂自己西红柿青豆汤,停下来想着梦境里的事。

"你怎么就肯定是金合欢?梦,你能看清?"

他填了一大勺清爽的洋葱什么的在嘴里,嘟囔着说。

"怎么不能肯定?"她把盘子放在腿上,空出手来比划,"这么长的荚果,粉红色的花序。谁能长出这么长的荚果,你长长看?"

他心里咯噔了一下,想到昨晚他的梦。

他梦到绿薄荷,也是一大片,比她说的金合欢更大,大到天边,也开着粉红色的花。只是,金合欢开粉红色的花没错,绿薄荷应该开淡紫色的花,为什么也是粉红色?

"喂,想什么?怎么不问我雨的事?"

一眨眼她出现在餐桌边,两手不空,撅着嘴吹了一下落到额前的散发,从"尤利格"蓝色玻璃菜钵里快速取了两勺生菜。

她撅着嘴吹气的样子显得顽皮,像是在嘲笑谁。

"雨怎么了?"他愣一下,想起来,接上她的话,"你刚才在说雨。雨很大,对不对?"

"大极了,一眨眼工夫我就被雨水淋湿了,怎么都抻不开翅膀。风也大起来。"她说,"我被吹到地上。撞上一片叶子。不是合欢叶子,又厚又硬,是浆果鹃,要不就是冬青。"

一眨眼她又去了露台的门边,身子弓形倚在那儿,赤着的脚踝上蓝色血管隐约可见。

她将一大片甜椒费力地填进嘴里,想了想。"你说怪不怪,明明我在金合欢林子里,"她困惑地说,"它们去哪儿了?"

吃过饭,她去冲凉。他洗完碗碟,熟悉了一遍明天的工程进度。

他本来想去露台上偷偷抽一支烟,想到她让雨伤了心,别再另添伤了。再说,一会儿还得刷两遍牙,得不偿失,就免了。

生活上她是精细主义者,做的菜一点儿没剩下——他不让它们剩下。洗碗的时候,他看见碗里还留着半只没做的甜椒,顺手拿它当了水果,在温习工程进度的时候吃掉了。

他是在认识她之后改变食谱的。她偏喜蔬菜,他当然要配合她,向绿色植物致敬。

单身时,没有大肉他会烦躁,食无肉,毋宁死。为这个,他们吵过几架,差点儿闹到分手,以后他改变了。

她变脸比他厉害。她站在那里,微笑着看他,嘴角露出揶揄的神色,身体融化似的往下落,四肢及地,匍匐着爬向他。他坐在那里,抓紧椅子扶手,咽一口唾沫,紧张地盯着她。她爬近他,浪头涌动似的涨起来,赖进他怀里,耸动鼻子,猫一样上上下下在他身上嗅。

"你储藏了多少吨肥油啊?"

她绝望地说,然后挣脱他的胳膊,冲进盥洗室里呕吐。

是真呕吐,不是秀。

她皮肤细腻,瘦削的脊背上凉津津的,抚摸时,手指上会留下令人陶醉的粉质感。他说不清楚是不是因为这个,油腻食物渐渐对他失去了诱惑。他开始接受素食,并且越来越喜欢清爽的新鲜蔬菜。

不过,他不大愿意承认这是因为粉质感的原因。

她是可爱的瑜伽教练,严格遵守职业操守,从不威胁他。要是细究,充其量她只是动用了色相,算作利诱吧。

但骨子里，他不希望她在生活中对他过于严谨，严紧更不行。

有时候，他仍然有些伤感，为渐行渐远的牛羊肉。那是多么美好的日子，现在那是别人的日子了。

梅林关拓宽改造工程进入关键期，他再一次梦到草原。这一次梦境很逼真，梦的内容也很清晰。

他在焉耆草原，和一群老成的褐牛、呆头呆脑的大尾羊在一起。有两只翅膀巨阔的草原金雕从他头顶掠过，阴影半天没有消失。

他兴奋地奔跑着，快速超过几头慌里慌张的灰毛猞猁，一群目中无人的野骆驼和一队傲慢的丹顶鹤。

他是一匹马，一匹黑色皮毛四蹄雪白的马。

他不知道为什么梦中他会出现在焉耆草原，而不是别的什么地方，但他能肯定梦中发生的事情。

在梦中，他就是一匹马，撒着欢，无拘无束。从梦中醒来后，他还在大口呼吸，胸脯剧烈地起伏，小腿肚子发紧，膀胱也发紧。而且，他的后颈上有一层细细的汗。

他去了盥洗室，处理掉膀胱里的存液，觉得心跳不那么快了，被风吹疼的耳朵也恢复了温度。

他对着镜子看了一会儿，去客厅接了一杯水，靠在鞋柜边，一口一口慢腾腾喝着水，回想刚才的梦境。

"他"从波光浩瀚的博斯腾湖跳上岸，快乐地打了一串响嚏，晃动身体，油黑的皮毛上的水珠四溅而开，几只在湖边打洞的麝鼠吓得飞快地躲藏进红花丛中。

这是梦开始时发生的事情。

"他"从一片细碎的雪花中穿过,在一处高地上逗留了一会儿,眯缝起眼睛看远处的群山。

有一阵"他"似乎看见了人。是一个头戴翻耳皮帽的小男孩。这一点"他"拿不准。

"他"能肯定"他"穿过了一片森林,因为"他"认出了森林边上顶着积雪的茂密的贝母草,还有一只带着小紫貂的母紫貂。母貂不满地朝"他"看了一眼,赶着两个孩子很快消失在森林中。

接下来的所有时间"他"都在草原上,和一群兴奋的大屁股野驴追逐不休。"他"四蹄凌空,脖颈有力地伸向前方,长长的披鬃飞扬起来,快速越过一片胡杨林,越过零乱生长着焉支草的砾石地带,把气恼的傻驴们甩得看不见影儿。

这一切结束的时候,梦境中只剩下"他"。雪原无垠,一轮巨大的金红色太阳在地平线上静静地看着"他"。

然后他就醒了。

可是,他有点纳闷儿,为什么在梦里"他"是一匹马?而且,他回忆起来,在前几次梦里,"他"也在奔跑。梦境不清晰,正是因为"他"在疾速奔跑。"他"跑得太快。他不可能像真正的马那样习惯捕捉快速掠过的影像,所以梦的内容才会模糊不清。

有一点可以证明,每一次醒来之后,他都在急促地呼吸,臀部紧绷得厉害,身上有一层细细的热汗。

现在他明白了,为什么每次醒来时耳轮上都会有被强劲的风吹过的灼痛感。

他在黑暗中喝完了杯子里的水,又去接了半杯。他消耗了不少能量,需要补充大量水分。

他喝着水，觉得这种情况真是好笑。他最近一段时间连续做梦，这些梦奇异得很。他在梦中变成了"他"，变成了一匹马。"他"是黑色的马，皮毛发亮，四只雪花蹄，他记得一本书里管这样的马叫"夜照白"。

但如果他真的是呢？他是说，如果他真的是一匹马，他会是什么品种的马？

他想了一会儿，觉得如果可以选择，他最好是有着精良辨识率的伊犁马，或者有着神秘身份的焉耆马。

他在鞋柜上靠了很长时间，有点累，就去沙发上坐下。

他想他失去自由的确很长时间了。自从懂事以后，他就不再有自由的感觉。马是著名的自由者，荣格先生会支持这个意象。

问题是，他不是马——马还是情绪奔放者，还是单纯的孩子，这完全不像他的性格。

他有轻微的自闭倾向，情感偏向含蓄，对进入生命的女人，即使到了可以亲昵的阶段，也从不失去克制。他甚至没有对前妻和现在的女友说过他爱她们。

他心思不单纯，有时候爱闹点小心眼儿，干什么都瞻前顾后，就算让他放风筝，他也会把平衡尾翼和牵引线检查好几遍，才开始心事重重地起跑。

最能说明问题的是，他做不到辞去眼下这份工作，再加两成累和三成委屈他也做不到。

谁不想自由自在地生活？谁不希望拥有辽阔的生存环境？谁不想在一览无余之地四蹄无羁地撒野？可那些都是书本里的东西。

人们怎么说？理想。理想永远是属于未来的安慰剂。他被自己的这个念头逗笑了。

他确定自己不是马——成不了马,做不到马那样,没有马的福气。

他在黑暗中无声地笑了一会儿,起身收好水杯,回到卧室。他被站在那里的她吓了一跳。

她在卧室门口,太空人似的飘逸地站着,迷迷瞪瞪地看着他。他过来的时候,她一点感觉也没有,目光单纯,像在冥想课里。

他在黑暗中站了一会儿,向她走去,伸出手去心疼地握住她的手。

他把她牵回到床边的时候,下意识地朝闹钟看了一眼,心里说,她又做梦了。

第二天,他没有躲过加班。

政府的问责制度在市政部门和下属企业像一条鞭子,抽得所有官员叫苦不迭。干活的人没有谁同情上司,鞭子抡得越狠越好,见血更好,可副作用是,公司的官员挨一鞭子,接下来干活的会挨上一串。

没有休息时间,午饭和晚饭都在工地上吃。快餐公司配送,热气腾腾的酱肉包子和两面黄的香煎海鱼。

午饭他没吃,晚上饿得心里发慌,喝了四碗紫菜蛋花汤。

"说你,还没怎么的,先吃上斋念上佛了。色也是荤,你怎么不戒掉?"孟工大口咬着包子,嘴角淌着一汪油说。

他眯缝着眼微笑,很受用孟工的话。

他朝车来人往的工地上看了一眼,对曾经存在过的那片荔枝林充满怀想。

子非马，焉知草之美。他心里想。

不过，他没有对孟工说出自己的心里是怎么想的。

大自然真是奇妙得很，它就是不让麻鸭和灰鲸坐到一张餐桌上去。人们从来没有想过这个问题——有一天，他们走出家门，发现自己的食物链上端被棘指角蟾和朝鲜蓟占据了。它们趾高气扬，不可一世地冲他们大喊，叫他们滚开。他们发慌地想，怎么办，那就交换吧，我们去吃孓孓和活性水。可他们发现棘指角蟾和朝鲜蓟的食物链上端已经被白腹鹞和马达加斯加彩虹鱼占据了，那些秃头的家伙和瞪眼的家伙冲着他们吹口哨，嘲笑他们。

这可怎么办？这样的世界还有丁点儿可爱吗？

他那么想着，心无旁骛地扣上安全帽，离开腥腻味十足的监理点，高高地跃过一道警示牌，再跃过一道路障，跳跃着朝工地上跑去。

回到家已经是子夜零点，他累得精疲力竭，想要呕吐。

她还没睡。是睡过一觉，又醒了，新月式盘腿坐在床上，呆呆的。她在等他，想和他说她昨晚的那个梦。

他心想，饶了我吧，我宁愿让你啄一百次——如果能在我躺上床后你再啄。

昨晚不是雨，是一大群向南方迁徙时途经的蓝尾歌鸲。擅长在翱翔中捕食的杀手们从低空扑向蝶群，那简直是一场灭绝"蝶"性的大屠杀。

她当然还是一只蝴蝶，和一大群蝴蝶兄弟姐妹们一起，拼命逃向一片紫花苜蓿中。

她说不清楚自己是不是逃脱了那场灾难。她惊慌失措地抓住他的手,脸都变了形,一遍遍向他形容蓝尾歌鸲们在天空中发出的欢喜叫声,还有它们群体俯冲过来时的呼啸声。

哄她入睡后,他去了客厅,为自己倒了一杯水,一口一口慢慢喝着。他还没有进入自己的梦,还没开始在梦中奔跑,却有一种强烈的脱水感觉。

她不该有什么焦虑。她是身心修持的 Yogini(女性瑜伽者),集自然和心灵宠爱于一身的婴儿,怎么会和他一样,在梦中与自己产生分裂?

他困惑了一会儿,感到有些饿。他去了厨房,打开橱柜和冰箱。那里什么也没有。

他们从不吃隔夜的食物。他们甚至不吃隔夜的蔬菜。这也是为什么他们选择"吉之岛"的原因。

他知道蝴蝶的食谱朴素而单纯。它们只吃植物,栎、槿、槭、竹或草本,这和他的食谱近似——如果他是"他",是那匹黑色皮毛的雪蹄马的话。

这么说,他不再吃东坡肘子和白烩羊肉是对的。

他和她是同一类生命,他对这个结果满意。

他在厨房里洗了杯子,去盥洗室刷牙冲凉。

他喜欢水,饮,或者戏耍。这和她不一样。她每次冲凉都是一次悲壮的仪式。她在沐浴前焦虑不安,每次都需要下很大的决心。如果他在,她会乞求他的鼓励。如果他不在,她会一遍遍鼓励自己,然后闭上眼,憋足一口长气,打开热水阀门,再从喷洒下逃出来,冲进客厅,把自己紧紧裹在毛巾被里,瞪大眼睛发抖。

为这个他笑过她。他甚至把它当作整治她的手段——如果她惹他生气，他会把她剥光，扛起来，走进盥洗室，耐心地调试水温，在她发出求饶的呼喊声之前决不放下她。

　　从喷洒中流出的活水让他变得清醒过来，浑身的疲乏消失掉，这使他畅快无比。

　　如果不是太晚，他会来上几声，咏叹调或是民谣，随便什么都行。

　　他心里想，为什么不可以呢？我没有请人观摩的欲望，又不放声高歌，只是个人化地抒一下情，法律没有规定夜深人静的时候不可以轻声哼上两句。

　　他那么想过，真的就把阀门开足，叉着腰，仰起脑袋，对着清亮的水花张开了嘴。

　　只唱了一声他就停下了。

　　他被吓住了，被他自己。

　　有好一阵，他呆呆地站在喷洒下，清水从他的脑袋上流淌下来，在他脚上无声地滑走。

　　盥洗室的门关着，听不见窗外北环立交桥上载重货车驶过的声音，但他能够回想起他刚才发出的声音。

　　是的，他的确听见了自己的声音——不是咏叹调，也不是民谣，而是一声轻轻的马嘶。

　　他醒过来，定了定神，关上水阀，从整体卫浴中出来，站到镜子前，仔细观察镜子中的自己。

　　只看了一会儿，他就开始冒汗。

　　他光着身子去了客厅，为自己点着一支香烟。

他紧张不安地吸掉那支烟,把烟头处理好,打开窗户,让屋子里的空气尽可能变得通畅,然后他再度回到盥洗室的镜子前。

雾气已经散去,镜子里的他清晰可辨。

这一次,没有什么可以让他侥幸的了。

他身体纤瘦,皮肤细致,颈部细长而挺拔,属于体形修长的那一类马,不,那一类男人。他腿部强健有力,有一个结实的臀部,尾根靠上,从那里直到后颈上,一条暗色的鳗条穿过肩隆,不细看分辨不出来。

他盯着镜子,镜子里的他一点一点变化着。他分明看出了他自己。

"他"不是他,而是一匹前肢收束起站立着的马。

别这样。他对自己说,别这样。

他把目光从镜子上移开,转过身,虚弱地靠在洗面台上。他紧张地想,她会怎么看,如果他是一匹马?

她欣赏他强健的长颈,迷恋他浑圆的臀部。"我要做一名出色的骑师。"好几次她洋洋得意地宣布。

有一次他真的让她做了骑师。他驮着她,一口气登上南山,让所有情侣中的女性眼里充斥着对自己配偶的愤怒。还有一次,她生气了,不依不饶地要报复他。他答应,如果她追上他,他就让她啄三十下,用力啄。她当然没有成功。眼看着她就要追上他了,他总是在最后一刻敏捷地躲开,跳跃过任何身边的障碍,一眨眼跑出老远。

现在这些事情他全想起来了。她早就一语成谶——她要做一名骑师——她在一年以前就知道"他"是谁!

他靠在洗面台上发了一会儿呆,然后离开那里,轻手轻脚去了卧室。

他这边的床头灯还亮着。她蜷缩着身子，一只胳膊无助地搭在枕头上，脑袋埋在他的半边床上，脸在光晕之外，睡得正安详。

他轻轻退出来，带上卧室的门，回到盥洗室，把门关上。现在，他是一个人了。

他看着镜子里的自己，慢慢提气，张嘴，收缩丹田，启动声带。

有一刻他怔忡着，然后他把脸埋进手掌中，绝望地蹲在下水口前。

一点也没错，他听见了自己的声音，听得清清楚楚。那是压抑着的马嘶声。

至少一个星期，他是在恐慌中度过的。

他时常犯愣，一个人坐在那里，或站在那里想着什么。

梅林关道路拓宽改造工程进入收尾阶段，工地完全变成了战场。胡副总把简易办公系统和行军床搬到了工地，整天黑着眼圈到处骂人。刘总工挣扎着从医院里跑出来，让助手替他举着点滴瓶，摇摇晃晃在工地上转悠，或者随便扶着随便谁的肩头悲壮地喘息。

他这种失魂落魄的情况，不挨糗才怪。

他很快瘦了下去，兜腮胡子也出来了，两天不刮就扎手。

他开始厌恶所有的新鲜蔬菜，一闻到清新的泥土味就心乱，连紫菜类脱水植物也受到牵连。

他不再小跑着去工地，不再从警示牌上一跃而过。他随时克制着，不让自己快速启动，与任何喜欢奔跑的生命严格划清界限。

因为这些，因为他的神经过敏和随之而来的迟钝和拖沓，胡副总已经忍受不了他，至少两次对他提出严重警告了。

他没有办法控制自己，控制不住。谁能告诉他到底发生了什么？他不敢去想他是谁。他甚至不敢想她是谁。

他想到她做过的那些梦。她在梦里总是变成一只蝴蝶。想一想，她可能不是变，而真的是一只蝴蝶。

如果他是马，她为什么不能是蝴蝶？蝴蝶凡事用喙，她喜欢用嘴；蝴蝶有长长的触须，她头发软得撩人；蝴蝶收束起翅膀栖息，她蜷缩着身子睡觉。她不是蝴蝶还能是什么？

他是马，她是蝴蝶，他被这个念头逗笑了。但他只笑了一会儿就不再笑，笑不出来。

他不在乎马和蝴蝶用什么语言交流、如何交配，谱系上，他这匹马总不能和她这只蝴蝶结婚吧？

工程剪彩通车那天，他没有参加庆功典礼，而是早早回了家。

回到家，关上门，进了书房，打开电脑。

他浑身脏兮兮的，满是汗臭，沥青没洗净的手掌上有好几个血泡。

他在谷歌搜索中查到了昆虫类，再查到鳞翅目，找到那些四翅被覆着难以计数瓦状重叠鳞片的小家伙们。

他一幅幅翻动蝶谱，一幅幅看下去。他被一幅蝶图吸引住。

图上是一只漂亮的蝴蝶，有一对半透明的前翅。一对拖曳着的长长的尾翅。

他想，她领着弟子们做瑜伽操的时候，如果环起双臂，会有一层光环在她的身后弥漫开，她的整个人就像是透明的。而她的确有一双修长到不讲道理的腿。

蝶图介绍说,这种蝶飞行的时候双翅拍击得极快,甚至在栖息时翅膀也不停止振动,这和她平时的样子极像。除了瑜伽状态中,任何时候她都在快速运动。和他说着话,前半句话还在床上,后半句她就出现在厨房。

还有,这种蝶进食的方式和大多数蝴蝶不同,它们在花卉上盘旋着取食,不停栖下来,这完全是她的做派!

他感到自己的心脏在扑通扑通地狂跳。他把目光投向这只蝶的名字。Green Pragontail——透翅长尾凤蝶。他想起来,每一次他抚摸她的时候,手指上留下的那种奇异的令人陶醉的粉质感。

他感到背上热烘烘的,有什么正从那儿流下来,仿佛"他"在没有边际的草原上奔跑了一大段路,刚从梦中醒来。

他决定向维平做一次咨询。

维平是他大学时的球友,以后发展到换妻之外能够任意的铁杆朋友。他学土木工程,大学毕业后分到深圳工作。维平学生物,在成为知名的生命科学研究者后被深圳大学作为人才调来这座城市。维平在新世纪后一直研究神秘生命现象,他的每一篇论文都能引起学界的骚动。

他选择了一个周末来做这件事。

她九点钟离开家,去为一位高端客户上心灵呼吸课。他任她快乐地挽着他的胳膊,送她下楼,看她骑着跑车出了小区。他独自在庭园里散了一会儿步,回到家,换了一套宽松的休闲装,坐到客厅里,拨通了维平的电话。

听完他的陈述,维平在电话那头沉默了很长时间。

他等着。他能听见北环立交桥上载重货车轰隆隆驶过的声音。一个婴儿在过道里咯咯地笑，然后消失掉。

大约七十七部载重货车驶过之后，他的耐心突破了临界点。

"你在吗？"他问话筒那头。

"在，当然。"维平像是从梦中惊醒，"你想知道什么？"

"也许我在幻想症状态里。我是说，某种我不知道的状态。你清楚，生活节奏太快，什么事情都有可能发生。"他说。

"你能来我这儿一趟吗？"维平避开他的问题，"博士生答辩安排在下午，我想我能抽出两小时时间，我们当面谈谈。也许需要麻烦DV。这个我自己就行。我以老同学和最好的朋友的名义起誓，任何时候，你的隐私权都会得到充分的保证。"

"出了什么事？"过了一会儿，他说。他想他真不该问这句话，还需要问吗？

"怎么说呢，牵涉到专业学科，一两句话说不清楚。"维平在电话那头说。听得出来，他在尽量保持冷静。也许这个时候他坐正了身子。"你听说过物种异换这个词吗？洛克菲勒基金会支持的一项跨国界研究。我恰好是这个项目的成员。"

"你不是在说灵异现象吧？"他生硬地说，口气里有一种揶揄。

"还记得大学毕业时我们和财大的那场球赛吗？我放弃了，把球传给你。我觉得做不到。你在我们自己的端线附近投出了那个球，它进了，我们以一分取胜，那是在终场前最后三秒时发生的事情。"维平显然试图说服他，"我一直在想那个球，这说不过去。可这没什么。生命的神秘现象不是科学，但所有的科学都有过前科学时期。问题在于，我们是否有足够的耐心和敬畏去认知它们。也许需要相当漫长的时间，连我们的孙子都等不及要看到这个结果，但我以一名负责任的生命科学研究者的名义向你保证……"

他没有等到维平说完，挂断了电话。

他的确做得过分，不该挂朋友的电话，何况是他有求于朋友。但如果他不是人类，而是一匹有着黑色皮毛四蹄雪白的焉耆马，他就用不着那么做，做不到了。

他静静地坐在沙发上，没有离开客厅。

阳光从窗外照进屋里，一些肉眼看不见的微小生命在阳光中飞舞。在他的视力范围外，还有更多看不见的生命在更广阔的什么地方活跃着。

现在，他能确定他是谁了，也大致能够确定她是谁。但这不是他要面对的全部。他需要面对的比这个多得多。

如果真像他所知道的情况，他是"他"，是一匹焉耆马，"他"曾经像风一样的自由，遵循细雨和雪花的引导，在博斯腾盆地美妙的沼泽地中快乐地奔驰，生活艰辛却从不烦恼，那么，他是否应该回到"他"的生活里去？如果是，他能否回到"他"的生活里去？怎么回去？

还有，她呢？她为不约而至的雨，或者突如其来的蓝尾歌鸲伤心，她肯定不知道自己是谁。他该不该告诉她，她不是她，不是她以为的她，不是有着修长双腿绕腹双臂的瑜伽教练；她是"她"，是一只透翅长尾凤蝶，在正常的情况下，"她"应该回到阳光充足的林间空地上，在雨点落下来的时候，在遇到蓝尾歌鸲集群袭击的时候躲藏到温暖的榉木树林中去？

至少在三个小时的时间里，他阻止自己继续想下去。

他无法想明白这些困扰他的问题,无法解决这些他承担不了的问题。他害怕想下去。

他离开客厅,走进卧室,把被单和床单从床上一件件收起来,把窗帘下掉,翻出她丢在衣柜外的所有衣裳,还有他自己的,把它们统统塞进洗衣机里。他脑子里嗡嗡作响。他说不清楚,如果他继续想下去,会出现什么情况?他会不会发疯?

整个上午他都在忙碌,不停地放水、搅干、取出和晾晒。到中午的时候,家里差不多被他里里外外洗刷了一遍。

他看了一眼钟。她该回来了。他脱下湿了袖子和前摆的家居装,穿上衣裳,给她留了一张纸条,锁上门,去了车库。

直到他遇到第一个红灯的时候,事情才有了转机。

他把车停在彩云支路的三岔路口,等待红灯过去。一辆漂亮的奥斯莫比尔停在他后侧,同样漂亮的年轻女驾手好奇地朝他看了一眼。

他没有看年轻女驾手。他在那个时候看见了一个男孩。

那个男孩生着一头蓬松的头发,背着一个巨大的有着卡通图案的书包,样子奇怪地往路口两边张望了一下,灵巧地蹦下人行道,快乐地跳跃着,飞速穿过马路。

没有人注意到头发蓬松的男孩,只有他坐在驾驶室里,也许正因为这样,他才能隔着前窗玻璃看清楚眼前发生的一幕。

他看到的不是头发蓬松的男孩,而是一只展开双翅掠地而过的稻田苇莺。

目送男孩消失在通往莲花山的林荫道中,他热泪盈眶。后侧的那辆奥斯莫比尔鸣了一声笛。向他示意,或者催他走。

现在他明白了,不是他和她,还有那个头发蓬松的男孩,也许还有更多——维平、老孟、胡副总和刘总工,他们焦虑或镇定,不安或顽忍,掩饰或坦然,却同样孤独地找不到同类。

也许事情远不止这些,还有更多隐身的生命在这座城市里默默地生活着。"他们"不是他们,不是他们以为的他们,就像这座城市不是焉耆草原、三江源、青藏高原、鄱阳湖、伶仃洋和头顶上的那片天空一样,谁能说得清呢?

他就那么脑子里转着这些奇怪的念头,脸上漾着从容的微笑,松开刹车,踩下油门,把车驶出警戒线。

今夜你去往何处

范小青

晚上的宴会高潮迭起，也不知道大家哪来的兴致，搞了几个小时，冯一余到家的时候，都快十二点了。但这是他的工作，没什么好抱怨的，他也从不曾抱怨过。

虽已半夜，小区门卫上值夜班的保安还朝他的车子敬了个礼，横杆抬起来，车子就进去了。

开到自己家的停车位，冯一余发现车位被占了，起先还以为自己开错了位子，摇下车窗玻璃朝外看了看，没错，和自己的车牌号对应的那个停车位，确实被别的车给占了。

下车看了看那辆车的车牌号，也看不出个名堂，只得返回到门卫处，去叫保安。保安听说是车位被占了，也不惊讶，带上小区机动车登记簿，跟着他一起过来，一核对，就知道是几幢几零几的业主了。

一起到几幢几零几，夜里，小区静悄悄的，楼道也静悄悄的，他们到了那家门口，不敢有大的动静，先是轻轻地按了按门铃，门铃在里边唱了起来，是经典的《致爱丽丝》曲子，响了几遍，一直等曲子停了，里边也没有动静，没有人应门。又按了一遍，还是如此。只得敲门了，敲了几下，没有人开门，倒是对面的人家有了动静，但没有开门,也没有开灯,估计是在门镜里朝外看呢。果然的,看了一会儿,对面的门开了,一个妇女穿着睡衣,虽然睡意蒙眬,目光却很凌厉,警觉地盯着他们。

冯一余赶紧打招呼说,对不起,对不起,吵醒你们了。妇女说,毛病啊,这时候找人?她这一开口,声音奇大,回声在楼道里嗡嗡作响。保安很尽责,下意识地"嘘"了一声。妇女不满说,嘘什么嘘,你们吵了我,还嘘我?冯一余又赶紧解释,不是我们要吵你,是他们家的车占了我的位,我的车没法停了,只好来叫他们。妇女翻了个白眼,退进去,"砰"地关上门。

这边的门却还没有开,冯一余朝保安看看,保安也朝冯一余看看,怎么办呢?没别的办法,再按门铃,再敲门,大约又过了几分钟,那门总算是开了,又是个女的,态度一点也不像爱丽丝那样温柔,气鼓鼓地瞪着他们。冯一余说,我们叫了半天门,你怎么这么长时间才来开门?那女的没好气说,半夜三更的,又是门铃,又是打门,又是吵架,我也不敢开呀,我还以为来打劫了呢。冯一余说,你家的车停在我的车位上了。那女的说,凭什么说我家的车停了你的位子?保安拿出登记簿,指了指号码,女的不说话了。冯一余问,是你开车还是你丈夫开的?女的说,他开的。不等冯一余问人在哪里,那女的已经朝卧室瞪了一眼,气道,死啦。

冯一余和保安到卧室门口,就见里边床上和衣躺着一个男的,一身酒气,正打着震天响的呼噜。冯一余吓了一跳,说,喝了酒还敢开车?女主人立刻生气说,你不要乱说啊,他是喝了酒,可车不是他开回来的,是他朋友替他开回来的。保安说,难怪停错了。两个便上前叫那男的,却叫不醒,推也推不醒,拉也拉不起来,醉成一摊泥了。

今夜你去往何处 | **099**

无奈退到客厅,看见车钥匙在桌上,那女的已经说了,我不会开车。保安说,那怎么办?那女的两手一摊,我也没办法,我又推不动那车。冯一余只得自认倒霉,说,你把车钥匙给我,我替你收走。那女的还有些不放心,你行吗?别把我们的车蹭坏了。

遂一起下楼,保安又核查了一下他家的车位,发现就在离冯一余车位不远的地方,但意外的是那个车位上竟然也停了一辆车。那女的立刻说,不能怪我们了,是人家先占了我们的。保安又核对那辆车的车牌号,可在登记簿上怎么找也找不到这个车牌号,才知道不是本小区的车辆。

这下麻烦大了,本小区的车辆都登记过,哪个车子是谁家的,一核对就出来了,上门一堵,想跑也跑不了。但如果是外来的车子,根本就不知道车主是谁,也不知道是来干什么的,更不知道该到哪幢楼哪间房去寻找车主。

冯一余捏着人家的车钥匙,人困得眼睛都睁不开了,心里一毛躁,也不想多说话了,打开那辆车的车门,就坐上去,说,我不管,我先把你的车倒出去,把我的车位腾出来。那女的尖声叫起来,你下来,你下来,你腾出来了,我们的车怎么办?我到哪里找那个人去?冯一余说,人家占了你的车位,又没有占我的车位,凭什么我的车位要让给你?

吵吵嚷嚷,惊动了附近一幢楼的业主,推开窗户就骂人,深更半夜的,诈尸啊?那女的迅速尖声反击,你诈尸,你全家诈尸!楼上的说,你牛逼,你有钱买车,怎么不去买幢别墅,买了别墅就不用半夜诈尸了嘛。女的说,你从楼上跳下来,我替你收尸。

冯一余顾不得听他们废话,拿了钥匙就发动汽车,那女的正冲着楼上嚷呢,一听到发动声,立刻噤了声,一回头以迅雷不及掩耳之势,往车头上一扑,喊,你开,你开!也不怕车头上的灰尘脏了她的睡衣。

那女的脸色又青又白,几乎贴在车窗玻璃上,冯一余从车里看过去,简直就是个死尸的脸,难怪人家骂诈尸呢,面对一具死尸,你能怎么样呢?冯一余认了输,下车将钥匙还给那女的,转身回到自己车上,听到保安和那女的在背后奇怪说,咦,他开到哪里去?

他能开到哪里去呢,无处可去,车开到小区大门外,朝街道旁一停,走回家睡觉去了。

迷迷糊糊的,像是做了个梦,梦见又是一群人为了停车的事情吵吵闹闹,心想,怎么连做个梦也不放过。不料太太来推他了,原来不是梦,还真是有人吵了来,说是他停在小区大门外街道上的车,挡住了别人的车出行。看了一眼天色,天才蒙蒙亮,气鼓鼓地说了一句,出行真早啊。

来叫门的又是保安,就是昨晚值班的那个保安,手里还是拿着那个车辆登记簿。值了一夜班,本应该困死了,但他还赔着笑。冯一余不理会他的微笑,生气道,我又没有停在小区里,你怎么又来烦我?保安说,虽然你停在大街上,但人家都知道是我们小区的车,都会来找我们,我们怎么办呢,只能找你们业主车主呀。冯一余更没好气了,说,你们光知道收物业费,不解决停车问题……他太太嫌他啰唆,说,你跟他说有什么用,他又不是头儿。那保安倒和气,笑道,你跟我们头儿说也没有用,我们头儿比你们还着急,嘴上都起了泡。冯一余说,就是全身起泡,也不能解决问题呀,他就不想一想,叫我们怎么办,把车子开到房顶上,还是吊在树上?

今夜你去往何处   101

保安还是微笑着也不再回嘴了，只是一直微微躬身，做着一个请他出去的动作。冯一余无奈，只得披衣出来。到大门口，将车挪个位子，好在早起的也不少，已经有了空位子，将堵在里边的车让了出去，这才算妥了。一看时间，再回去也睡不成了，一肚子不高兴，干脆回到自己的车位那儿看了看，那醉鬼的车仍然停在他的车位上，而停在醉鬼车位上的车已经开走了。他本来是想找这个外来入侵者算个账的，结果却被他溜了。看到保安还跟在他身边，又抱怨说，这是你们的责任，你们怎么能够允许外面的车进来占我们的车位？今后如果再发生，怎么办？保安也不知怎么办，唯一的办法就是十分耐心而且态度和蔼地听他说话，一副骂不还口打不还手的样子。真是被训导得不错，比业主有涵养。

训导他们的人是老崔，老崔是物业经理，这些日子，停车事件频频发生，有涵养的老崔嘴上起泡，心里长毛，天天在小区里东转西转，眼睛东瞄西扫，恨不得到哪里发现一块新大陆。他的副手还带着保安在背后嘲笑他，说，这个小区有什么转头的，老崔这是找车位呢，还是找老鼠洞？

老崔在小区里贴了个告示，在告示下搁置了一个票箱，请业主为停车的事情共同出主意。搁了一个星期，打开来看看，只有一张按摩院的广告塞在里边。

老崔又换了一张告示，这回来真的，新告示通告业主，决定将小区的几块绿化用地改为停车位，请业主发表意见。

这一招果然见效，意见纷纷来了，不仅有意见来，人也打上门来了。没有买车和暂时还没有买车的业主，坚决反对占用绿地做停车场。有一个人还拿了购房合同来，说，我们当初是根据开发商的容积率买房的,买的就是这容积率,你现在要改变容积率,就违背了合同内容。根据合同规定,我们可以要求赔偿,甚至可以要求退房。还有一个更厉害一点,他和当地的媒体有点关系,去叫了电视台的人来,扛着个摄像机,说,拍哪里,拍哪里?

老崔被吓着了,赶紧撤下告示。可一撤下告示,有车的业主又不干了,说,你们有媒体,我们也有媒体。也弄了个扛摄像机的来了,像扛着机关枪似的,到处看,说,拍什么,拍什么?

老崔被两边一夹,没有活路了,干脆就地一滚,说,你们拍吧,拍吧。业主说,你不怕曝光?老崔说,曝就曝吧,曝了才好,曝了光,才会有人重视,才会有人来管我们、帮助我们。那业主以为老崔是在嘲讽他,一气之下,说,拍,拍,就拍。那个扛摄像机的就拍了。但是带回去以后也没有播出,因为停车的问题太大了,他们这个小区的问题,只是冰山一角,一小角,甚至连一小角也算不上哦。

再有人来找老崔,老崔就说,我反正不行了,我只能做缩头乌龟了。业主生气说,既然物业都撒手不管,我们也乱来了。说着就真的乱来了,也不管地上有没有固定的车牌号码,看见空当就停,先来先抢。也有人干脆将原先地上写着的别人的车牌号,改成了自己的车牌号。再有业主以购房合同相威胁,老崔就说,我不客气了,我要以牙还牙了,你们不是拿购房合同说事吗,我们也拿购房合同说事,反正购房合同上没有写保证停车的条款,你们告不倒我。

车主各施其法,大部分人选择了最稳妥的办法,早回家,早占车位,倒也无意中促进了许多家庭的和谐。从前老公多半不在家吃晚饭,现在为了停车,纷纷放弃应酬,一家人共进晚餐,其乐融融。

可是也有人做不到,比如冯一余,他的工作,就是晚上应酬多,回来比别人晚，总是占不到车位，开着车到处乱转，有时候绕着小区前门后门转几圈还是停不下来。到周日的下午，冯一余的儿子忽然在楼下喊冯一余下去，冯一余下楼来一看，儿子和几个同学不知从哪里弄来一辆黄鱼车，车上载着块大石头，几个初中生吭哧吭哧将石头搬到冯一余的停车位旁边，冯一余见孩子们气喘吁吁的，不由得心头发酸，说，哪里弄来的石头？儿子不说是哪里弄来的，只说，老爸，以后就用石头占住车位。冯一余上去蹬了一下石头，就估计这石头轻不了，说，你们这是馊主意，我一个人也搬不动呀。儿子说，你快到家的时候，打个电话回来，我和老妈出来帮你搬。正说着话，保安过来了，朝他们看了看，又朝石头看了看。冯一余没好气，朝保安说，到时候，如果我家里人手不够，我要来叫你们帮我搬的。保安和气地点头答应，说，你尽管叫，你一叫，我们就来。

第二天一早，他就去叫保安了，保安倒真是一叫就到，还很体谅说，现在的初中生，也很辛苦哦，我看到你儿子一大早就走了，要上早自习课吧。保安力气大，帮他挪动石头，占住车位。路上经过的业主，都朝他们看，有的还停下来看。有人说，好主意啊。有人说，好神经啊。有人说，照这样下去，小区还像什么小区，业主还像什么业主。

可惜这块石头很快就被学校搬了回去，原来那学校修理西花园，花钱买来一些石头，结果发现少了一块，弄清楚事情缘由后，学校也没有责怪学生，只是派人派车将石头拖回去就算了。

冯一余到单位上班，跟同事说，不行了，不行了，我要得焦虑症了。同事都笑，说，现在谁不得焦虑症才是怪物呢。后来就聊到了停车，有个老张说，哎，现在新花样真是层出不穷哎，有人因为抢不到车位，竟出钱雇人看守。冯一余说，是你们家小区吗？那老张说，不是我们家，我是从网上看来的。冯一余也到网上看了一下，果然有这样的事。

冯一余留了个心，拣个单位不忙的日子，提前下了班。回到小区，看到小区花园的长椅上，果然坐着不少晒太阳休闲的老人。冯一余犹豫了一会儿，硬着头皮上前说，各位老人家，我想——看到人们警觉的眼神，他竟有点心慌，停了下来。一个老爹说，骗子搭讪就是这样开始的。一个老太说，现在我们警惕性都很高的。冯一余赶紧说，你们误会了，我不是骗子，我是这个小区的业主——他指指一幢楼，又说，我就住那一幢，五楼，501。这才有个老人依稀认出他来了，说，噢，我想起来了，就是前几天你们家搬来一块大石头占车位的吧。冯一余有些难为情，笑了一下，说，是我。那老人说，你要干什么？冯一余说，我晚上应酬多，回来晚，每天都占不到车位，我想雇一个人替我看车位，我会付钱的，不知你们——一个老太已经嚷了起来，说，喔哟，你搞错了，我们又不是要饭的。另一个说，你以为我们是当保姆的？冯一余被闷住了，正无言以对，却又有个老人问道，你雇人看车位，给多少钱呢？冯一余觉得有希望，赶紧说，钱的事情好商量，您要是愿意，您先开个价。那老人赶紧撇嘴说，我才不愿意，就算我愿意，我儿子要骂我的。一个老太说，他儿子是局长。

言语就搁在那儿进行不下去了。冯一余尴尬地蹭了一会儿，又说，其实，其实这也不能算是雇用什么的，其实这也是互相帮助嘛。老人互相看看，没有再搭理他。其中一个说，差不多了，回家煮晚饭了。一个个都站了起来，走了，把冯一余一个人扔在那里。

晚饭后，却来了一位大爷，进门朝冯一余看看，说，下午是你在花园那边跟他们说话的吧？冯一余说，是我，大爷说，听说你要雇个人看车位？冯一余说，是的，可是他们都不愿意。大爷说，我愿意，你看我行吗？冯一余不敢随便相信，问道，大爷，您为什么，为什么愿意？大爷有些不乐，说，你出钱，我看车位，两厢情愿的事，为什么还要问为什么呢？冯一余赶紧说对不起，又说，因为，因为下午他们都不愿意，您却主动上门来——大爷这才说，我告诉你吧，我想弄几个零花钱，我儿子听媳妇的，不肯给我零花钱，我自己挣几个，总比两手空空好啊。

两下总算是谈妥了，冯一余每天出二十块钱，周一到周五，大爷负责帮他占住车位。冯一余怕夜长梦多，提出先付一个月的钱。大爷却不要，说，占一天算一天，而且要先占后付钱。冯一余坚持先付钱后占位，左说右说，大爷才收下了头一次的二十块钱，揣到口袋里，走了。

虽然增加了一笔开销，但是心情总算是稳定下来了，上班的时候，晚上应酬的时候，踏实多了。那大爷呢，也乐滋滋的，坐在小区看风景，还能挣了钱，何乐而不为。如此这般过了几天安心日子，一日冯一余下班回来，发现自己的车位又被别的车占了，大爷不在，他正奇怪呢，那大爷却在另一个地方喊起他来，过去一看，大爷端个凳子坐在另一个车位上。冯一余赶紧说，大爷，您坐错了位子。那大爷笑呵呵道，我没有坐错。冯一余说，可我的车位是那一个呀。大爷用脚点了点脚下的地，说，可是我屁股底下的这个车主，给了我三十块呀。一边说，一边掏出冯一余头天付给他的二十块钱，塞到冯一余手里，说，这个我要还你的。

两下正在纠缠，一个中年人气势汹汹地过来了，指着冯一余说，原来就是你,你竟然雇用我老父亲给你看车位,你让我丢脸,让别人指着我的脊梁骨骂我。那大爷将儿子推开,说,你不要怪他,我现在不给他看车位了。中年人一愣,说,你不看了?大爷说,我给另一个人看,那个人出价更高一点。中年人气得说,你要钱,你要钱是不是——从裤兜里掏出钱包,打开来,将里边的一沓百元大钞扯出来,塞到大爷手里,说,给你,给你,全给你!转身就走。大爷看看他的背影,跟冯一余说,你别以为他真的给我,我一到家,他就会拿走的。

冯一余一气之下,索性不开车了,无非就是每天早一点起来,去赶公交车。他家小区的后门口,就有一趟车的起点站,他从这里上车,还可以占到座位,坐在高高的公交车上,感受着公交车霸气十足地横冲直撞,再垂眼看看街道上横七竖八的小车乱挤乱窜,冯一余吐出了一口郁积已久的恶气、浊气,心情舒畅了许多。

只是公交车的时间不太好掌握,开始的几天,他怕迟到,早早就出来了,结果一路畅通,提前到单位。后来他稍微迟一点出门,却又迟到了,让领导逮了两回,赶紧又恢复提前出门。晚上也有些问题,如果应酬得晚了,末班车就没有了,他还得掌握好时间,常常提前开溜。有一天刚刚溜出包厢门,领导追了出来,说,又溜了?你最近怎么回事?冯一余说,赶末班车。领导说,你不开车了?出什么事了?家庭碰到什么困难了?冯一余赶紧说,没有没有,就是停车太难了。领导不满说,现在有哪个停车不难的?你的理由太不充分,因为停车难,所以不开车;因为不开车,所以就要迟到早退,就要影响工作;你这样的理由,你说得出口,我都听不进去。冯一余只得退回去继续陪客应酬,最后果然误了末班车,只得搭坐同事的车,害得同事很晚了还要绕道送他。同事说,你这样还省了油钱噢。他没吱声,同事又

今夜你去往何处 107

说，唉，现在的车，买得起，养不起。

一天，冯一余从起点站上车占到座位，过了两站，上来个孕妇，冯一余站起来给她让座，孕妇动作迟缓，旁边一个年轻女孩"哧溜"一下坐了上去。冯一余赶紧说，哎，我不是让给你的，我是让给她的。女孩耳朵里塞着耳机，只朝他翻个白眼，不说话，听音乐呢。冯一余来气，旁边的乘客也都来气，七嘴八舌地说了几句，那女孩干脆连眼睛都闭上了。等他们说了一阵后，又忽然睁开眼睛，扯下耳机，冲冯一余说，素质？你还跟我谈素质，素质好的人，都开私家车哦。我素质差，才坐公交车。这话又惹恼了坐公交车的众人，一番舌战，让冯一余真正体会了什么叫素质。

到了单位，领导吩咐要出门办事，但是这天单位的车都出去了，只好向同事借车。这同事平时大大咧咧，很好说话，也肯帮助人，但等冯一余借车的时候，他的脸色就犹豫起来，拿钥匙给冯一余的时候，是十分不情愿的样子，说，这是我的车哦。语气是加重了的。冯一余想，难道我不知道这是你的车？

冯一余开车也不是一年两年了，平时开自己的车，胆大心细，现在换了同事的车，手脚都不听使唤了，怕什么来什么，结果还真的跟别的车蹭了一下，掉了一块漆。不过以冯一余的经验，也不是什么大事，当即打电话告诉同事。同事当即就翻了脸，说，我跟你说过，这是我的车。冯一余奇怪说，难道你认为，因为是你的车，我才蹭的。同事说，你没拿我的车当车，以前你自己开车，怎么从来不蹭不碰，怎么一开上我的车，就出事故？冯一余说，你别着急，这不能算是事故，只是蹭掉一小块漆，到修理厂喷一下，就没事了。同事说，没事，怎么会没事？谁会给你免费喷漆啊？冯一余说，你不是有车险吗？同事气道，就算有保险公司出钱，这车也不一样了，伤过了。比如你跌过跟头，跌破了脑壳，后来又长好了，就算没有留疤，是不是也算受过伤啊？跟没跌过跟头一样吗？不一样的。冯一余也不高兴了，回嘴说，平时看你还蛮大方的，原来跟个女人似的小肚鸡肠。同事说，那是，我私车让别人公用，我女人，我小肚鸡肠，你怎么不想想你自己——平时你搭这个的车，搭那个的车，省个油费，占个小便宜之类，也就算了。你现在单位办公事还要借同事的车，自己的车舍不得用，你那是大气？冯一余说，怎么是舍不得用呢，不是因为停车难吗。同事说，你以为就你停车难，我们停车都不难吗？

两下真伤了和气，后来好多天都没互相搭理。大家说，你们怎么像两个更年期妇女！

冯一余一气之下，又重新开车了。至于停车的问题，他已经有了办法，向领导提出申请，换了一个工作岗位，不需要每天晚上应酬，一下班就可以准时回家，可以保证停车万无一失了。

领导同意他换岗位的时候，看了看他，宽慰他说，你放心，在哪个岗位都可以进步的，行行出状元嘛。冯一余谢过领导，就到新的岗位上去了。

现在冯一余舒坦多了，每天早早回家，车位大多都空着呢，他想停哪里就停哪里，这心情着实爽啊。

晚上一家三口在一起吃饭聊天和美温馨。晚饭后，冯一余看一会儿电视新闻，太太洗碗收拾厨房，忙完了，电视连续剧差不多就开始了。太太是个剧迷，什么类型的剧都喜欢看，情感的，谍战的，古装的，家长里短的，有什么看什么。冯一余坐在太太身边，陪着一起看。他过去是从来不看剧的，因为晚上应酬多，没时间看，所以几乎和电视剧绝缘。现在陪太太看下几集来，很快就看进去了。

他倒是看进去了，太太却看不进去了，无论剧情是多么紧张刺激，故事是多么曲折有趣，太太都心不在焉、神魂不定，感觉像是身上长了毛，长了刺，坐立不安。后来冯一余也感觉到了，问太太怎么回事，太太起先还犹犹豫豫，好像说不出口，最后终于忍不住了，说，我习惯了一个人看电视，你坐在我旁边，影响我的注意力，我连台词都听不进去。冯一余"啊哈"一声说，嫌我多余了。太太说，也不能说是多余，比如说吧，本来家里的家具布置得好好的，不多不少，大家都适应了。现在忽然多出来一件大家具，搁在屋子里，肯定会有碍手碍脚不方便的感觉吧。

于是，就改成冯一余到电脑上去看东西，让太太一个人安心看电视。太太还有个习惯，凡有特别好看的电视剧，她是等不及电视台一天播两集的，必定去音像店买了碟子回来看，每次播放的时候，只要冯一余走过身边，太太就要暂停。冯一余说，你干吗呢，我又不说话，我只是倒杯水，还轻手轻脚的。太太说，你在我面前晃来晃去，我分神，剧情都看不懂了。冯一余笑道，当初你可是恨不得天天躺在我怀里看电视呢。太太也笑了笑，但还是不按开始键，一直要等到冯一余走了，才重新开始。

或者太太在上网，看到冯一余过来了，她也会关闭网页，和冯一余支吾几句，分明是等着冯一余离开呢。三番几次，冯一余不由得有些怀疑，难道太太网恋了？疑神疑鬼的，总想偷偷查看太太的上网记录，结果搞得自己鬼鬼祟祟的。

太太其实有数，干脆跟他挑明了说，你不用查我，没有事的。又说，这么多年了，你一直在外面忙应酬，要有事早就有了，还能等到现在。冯一余又执著地回到原来的疑问，说，既然你没有网恋，干吗我一过来，你就关闭网页呢？太太奇怪地看了他一眼，说，咦，已经跟你说过了嘛，我习惯了一个人看东西嘛。

家里又添置了一台电视和一台电脑，全部分开使用，倒是相安无事，互不干扰了。冯一余家的生活从此风平浪静，虽不是天天欢声笑语，但这是大家所期盼的平平淡淡才是真。

只有一次，跟他换岗的那个同事被提拔起来的时候，冯一余心里还是有一点受伤的。

一天晚上，老同学聚会，冯一余喝了点酒，请代驾把车开回来，已经没地方停车了，就停到大街上，代驾打车走了。他自己一路走回去，被夜风一吹，有点兴奋，干脆绕着小区散起步来。绕了一圈，发现路边一辆车里好像有个亮点，没怎么在意；又绕了一圈，那个亮点还在，他还是没当回事；再绕一圈，还是这样，他终于忍不住了，凑近了看看，一看之下，吓了一跳，竟是小区的物管经理老崔，坐在车里抽烟呢。

老崔看到他，摇下了车窗玻璃，说，你找我有事吗？冯一余说，没事，我散步呢，看到这个车里有亮光，以为是什么呢，不料是你，你怎么坐在车里？老崔笑笑说，我不坐在车里坐在哪里呢？冯一余说，你等人啊？老崔说，我不等人，我等想法。冯一余笑道，你等什么想法呢？老崔说，我等停车的想法，我家小区车停满了，我这会儿回去，也停不了车，我得等怎么停车的想法想出来了，才能开车回去。

冯一余说，我换了个工作岗位，下班早了，解决了停车的问题。老崔说，我没你的福气，没人同意我换岗。再说了，就算换了岗，我回家也没地方待，媳妇生了孩子，亲家母非要来照顾，挤在一个屋里，和我老婆天天争吵，我回去受夹板气，坐着说我碍事，站着也说我碍事，躺下又说我油瓶倒了不扶。唉，我还是等她们睡了再说吧。车里已经烟雾浓浓，老崔又点了一支烟抽起来，还扔了一支给冯一余。冯一余其实早已戒烟，但他没有拒绝老崔的烟，和老崔一个车里一个车外，抽了起来。

抽过了烟，冯一余又继续往前走，走出了小区，走到大街上，大街的马路牙子上，歪歪斜斜地停满了车。冯一余走了一段，忽然发现问题了，竟然有一辆车的车牌号，和他的车牌号一模一样，再借着路灯灯光一看，不仅车牌号被套了去，连车型和颜色都和他的车一模一样。冯一余大声喊了起来，这是谁的车？谁套用我的车牌！半夜里，街上一个行人也没有，冯一余再上前细看时，车窗摇了下来，一个男人探出脑袋说，嘿，我找到停车的地方了。冯一余一看，竟是他自己，顿时失声大喊起来，不可能，不可能，这不是你的地盘。

第二天早晨起来，冯一余问太太，我昨晚上说梦话了吗？太太说，我睡着了，没听见。停一下，太太又说，我做了一个梦，梦见咱们家的车被偷了。冯一余心里一惊，赶紧跑到大街上，一眼望过去，还好，车在。

一时间冯一余恍惚起来，想起昨天晚上的事情，不知道怎么会做出这种莫名其妙的梦，也不知道到底是不是个梦，更不知道是不是昨晚抽了老崔一根烟的缘故。

后来有好长时间没有看见老崔，冯一余问保安老崔到哪里去了。保安说，老崔受伤了，他回家停车，停在小区的池塘边，打了滑，车子掉到池塘里，他差点淹死。幸好有巡夜的保安看到了，救了上来，脑子进了水，有点呆。

但是物业公司一直没有派新的经理来，只说等等老崔的病情，看会不会很快好起来。业主都很生气，说，本来有个经理，事情都管不过来，现在经理都没了，还有谁来管我们的事情啊。

姚莲瑞女士在等待中

李 亚

在搬到郊区之前，姚莲瑞住在地安门内，靠近什刹海。

有好长一段时间，在傍晚时，姚莲瑞总要到什刹海西岸的一家酒吧里坐上个把小时。那家酒吧叫"纽约里"。很多人都知道，在什刹海四周数不尽的酒吧里，就数纽约里的歌唱得最好，目前歌坛上有几个飙红的歌星都是从纽约里唱出去的。纽约里的调酒师手艺也是数一数二的，动作起来也雅致得厉害，全没有杂耍的意味。即便是男女服务生，也个个彬彬有礼，好像都是出生在维多利亚时代的英国，并在上流社会里成长起来的。

姚莲瑞喜欢来纽约里，不是为了听歌，也不是为了观赏调酒师舞蹈般的动作。当然，姚莲瑞更不是为了和人约会。她只是很随意地要上两听啤酒，有时候，她还会点上一支苗条的女士烟，慢慢喝着，慢慢抽着，一边有一眼无一眼地看看窗外的景色。窗外缭绕着七彩灯光，游人就像在皮影戏里，那情景有些悠闲，也有些暧昧。但姚莲瑞就是喜欢这种氛围，她觉得置身于此，就是什么都不想，就是大脑里一片纷乱，也要比独自一个人在家里更容易打发孤独的时间，而且也轻松愉快得多。只要在纽约里坐下来，她偶尔还会隐约觉得生活里充满了很多可喜的未知数,很可能会发生许多值得期待的事情。

按说,像姚莲瑞这样年龄的女士,在酒吧里消闲多少显得有些欠妥帖。她应当像那些与她年龄相仿的女人那样,牵着一条宠物狗,或者抱着一只温柔的小猫,嗑着瓜子或者叼着一支棒棒糖,一边东张西望,一边沿着什刹海周边溜达,间或与擦肩而过的游人相互瞥一眼。可是不,姚莲瑞不喜欢那种平庸的生活方式,她认为自己还没有老到那个份儿上,还没有沦落到万念俱灰的程度,一辈子还久远着,还有什么事儿没有放妥。

这份儿不甘心,或者可以说,是来自于姚莲瑞对自己相貌和身体的自信。本来,自从过了四十五岁以后,每天洗漱时,她看着镜子里的脸,都要来一声叹息;每次洗澡时,望着身体也好像越来越不争气,她心里边难免要产生一阵子沮丧。想着年轻时的脸蛋和身体都像水蜜桃似的,姚莲瑞在自怨自艾里一直惊慌失措地过了漫长的好几年。但是,自从那天在王府井遇到杨飞燕之后,姚莲瑞一下子苏醒过来,在卫生间里再端详自己的脸颊与身体时,就像眼看着一株枯萎的花草,在一点一滴的雨露下重新生机勃勃起来。陡然间,姚莲瑞重新燃起了兴趣和胆量,好像自己的生活还要开花。

那天很热,摸哪儿都觉得烫手。

就是那天,姚莲瑞在王府井遇到了杨飞燕,也就是当年她在玻璃工艺品制造厂时的一个同事。

姚莲瑞当年虽然是技术员,但每天必须戴着大口罩在车间里转来转去,车间里的噪音和异味像密集的苍蝇,说句话都要歇斯底里。杨飞燕每天上班也戴着大口罩,可她不是进生产车间,而是在窗明几净的医疗室里喝茶看书，偶尔给某个倒霉的工人包扎一下受伤的手指头。那个喜欢失眠的副厂长也老爱到医疗室，请小杨医生给他做些心理上的治疗。杨飞燕本来是学内科的，但她对自己的专业不感兴趣，对心理疗法就更不感兴趣了。这些都是厂里人所知道的。厂里人还都知道，杨飞燕在性疾病方面非常用功，她每天坐在医疗室里看的那些书，都是与性病有关的。对此，杨飞燕毫不避讳，甚至厂里开表彰大会时，她在台下也照样大大咧咧地宣布，她最大的理想是成为一个性病专家，用自己高超的医术给所有的不幸者解除痛苦、送去欢乐。

在姚莲瑞的印象里，关于杨飞燕也就这些了。自己辞去工作二十余年了，一直没和原先的同事有过联系，更没和杨飞燕联系过。北京之大，甚至都没碰到过哪个同事一次，更谈不上有工夫关心杨飞燕是否已经实现了她的伟大理想。

她们是在那家口碑相当好的名牌服装专卖店里遇到的。

姚莲瑞特别喜欢这家高档服装店，当年老公生意顺畅最有钱时，她几乎每周都要来逛一次，而且每次都要买上一件。这些年来，老公没钱了，姚莲瑞还是经常来看看，虽然不能大手大脚地买衣服了，但故地重游的心情还是要体验体验的，就像戒毒的人看见了海洛因，尽管不能抽了，但心里还是要动一动的。

遇到杨飞燕那天，姚莲瑞在店里看上了一款原色蚕丝上装，她在试衣间试穿时，觉得这件衣服从款式到颜色都和自己的肤色及身段非常搭配，尤其是质地，更能抚慰一下自己久被冷落的身体。她就这样穿着衣服到收款台付款时，看到了杨飞燕。杨飞燕一下子挎住了她的胳膊，像搂到了一块冰一样尖叫起来：这不是姚莲瑞嘛！亲爱的！你怎么一点儿都没变啊！宝贝儿，这衣服一穿，显得比我女儿还小哟！

虽然二十余年了，但这腔调让姚莲瑞一下子就看到了当年的杨飞燕，连当年的口头禅都没有变。当年在厂里，杨飞燕抓住任何一个同事的胳膊，都会这样热情洋溢地叫人家亲爱的，宝贝儿长宝贝儿短地唠叨一番。杨飞燕给人的整体感觉还没有变，仍然像撒了葱花的花卷刚出笼，只是经过二十余年的蒸煮，眼下胖得有点要散架的意思。尽管都这样了，但她让不远处的女儿过来叫阿姨时，招手的姿势还是无比俏皮的。

杨飞燕的女儿留学巴黎，学的国际金融专业，回来快小半年了，一直忙着找工作，忙着接二连三地炒老板，明天又要到一家金融机构去面试，所以杨飞燕带女儿到这家服装店来，想选一套既符合国情又显得尊贵的高档服装。那个女孩子的表情和穿着也很巴黎，上身是一件及膝的蓝色T恤，下身好像光着似的，小腿麻秆儿一样瘦，还敢光溜溜的，脚上趿拉着一双红檩木板拖鞋。她背着一个双肩背包，戴着耳机，嚼着口香糖，慢腾腾地过来，一脸漠然地朝姚莲瑞点点头。姚莲瑞好像要表示自己的热情一样，一脸长辈的笑容，热情地望着她，没话找话地问她听的什么歌。

女孩子眼睛看着别处，漫不经心地回答：让我们堕落得更快一些。这歌在巴黎很流行。你们听不懂。

说着话，她还轻蔑地瞥了杨飞燕一眼。

那副矜持的样子和说话的口吻，让姚莲瑞不由想起还在日本读书的儿子。他们这一代，怎么都那么像，都那么一副德行，什么事都满不在乎，好像时时刻刻都在挑衅这个世界。真让人不知道怎么应付。

杨飞燕的女儿真不愧是从巴黎回来的，穿着独特，又有个性——

买完衣服，杨飞燕拉着姚莲瑞非要到一家冷点店吃杯冷点消消热，可是，出了服装店来到冷点店门口时，却发现她女儿早已不见了踪影。杨飞燕四下张望了半天也没有发现，她反而更加骄傲地一摊手说：看看，在巴黎也就一年半，居然学会了法国人的狗脾气，动不动就不辞而别。

除了胖了一圈，杨飞燕没有太多变化，还是那么热情、那么爱唠叨，还是那种什么都想知道、知道了什么都要往外说的脾气。姚莲瑞不喜欢她这样叨叨叨的，反而觉得，她要是像她女儿那样对待这个世界又矜持又冷漠的话，说不定自己会和她成为好姐妹的。

杨飞燕的唠叨颇具特色，这是一贯的，也是著名的。她总是先说与熟人有关的事，后说与自己有关的事，而且总是把演说的时间和精力主要放在后一点上。一客冷点还没有吃完，姚莲瑞已经被杨飞燕密集的话头崩晕了。她花了几分钟清醒了一下头脑，才理出在杨飞燕的世界里发生了的事情大致如下：

厂子基本上就算倒闭了。最具开拓精神的青年突击队队长，那么帅的小伙子，被摩托车撞成了植物人，在床上躺到今天也没起来。撞人的是爱失眠的副厂长的儿子——他一直像个孝子一样，天天去照顾人家，直到今天。整天给厂长提意见吵架的王喜，那个一说话猴龇牙一样的小个子，现在成了富豪，全北京市就不说了，仅海淀区范围内，他的公司承建的高档小区至少有七处。她老公，说话做事像会计那样斤斤计较，还在公安局当户籍警，才多大岁数，天天起来得咳嗽好半天。她本人已于十年前辞职后开办了自己的性疾病诊所，她准备再用八年时间，让自己的诊所成为北京市最大最权威的性疾病专科医院。

说到这儿，杨飞燕出于专业的习惯和对老同事的关怀，就像说"吃饭了吗"那样随意地问姚莲瑞：你们现在每周要几次？姚莲瑞也像把她当成知己似的实话实说：整天见不着人影，要什么要，要饭还差不多。

那可不行！杨飞燕顿时像个大专家一样皱起眉头，以好朋友的口吻教导了姚莲瑞一番。综合起来，杨飞燕把性生活与生活质量和身体健康紧密结合在一起，并且上升到了人生价值的高度。尤其是到了她们这个年龄，性生活更是包含着女人的尊严问题，还严重影响到社交成果。姚莲瑞从来没有想过夫妻生活会有着这么深奥的多层含义，她甚至有些打趣杨飞燕：照这么说，你天天在家吃饺子了。

我老公嘿嘿嘿，还吃饺子，光咳嗽就够他享受的了！再说，现在都什么光景了，干吗非要在家吃？街上饺子店多的是。杨飞燕哧哧地笑了半天，大加批评姚莲瑞怎么还活在、还活在那种时光里，没有丁点儿现代意识，没丁点儿开拓精神。她好像按捺不住炫耀的心情，不遮不掩，给姚莲瑞爆料：她现在有两个固定的情儿，一个开出租车的，一个还是开出租车的。一个叫沙尘暴，一个叫小雨点。平时出门，遇到沙尘暴天气她就给沙尘暴打电话，遇到阴雨天小雨点自然会来接她。而且，这两个人都比她要小得多，比她自己的两个亲弟弟都懂事，都可爱。杨飞燕这样说时不仅没有难为情，还老到地总结经验：现在小年轻儿，都喜欢咱们这样的大姐姐——这是时代的产物，也是社会进步的象征。

杨飞燕说起这些，目中无人，口吻甜蜜，理论具有很强的实践性，好像她也在巴黎生活过一年半宝贵的时光。姚莲瑞听得心口怦怦直跳，尽管她表面上还是微笑的，但在心里忍不住想起纽约里，想起纽约里的那个张信哲。杨飞燕盯着姚莲瑞有些发红的脸蛋儿，笑嘻嘻地说：宝贝儿，我要是有你这样的肤色，我要是有你这样的身段儿，那我至少会有八九个情儿，高兴了就让他们在我面前站成一排报数，或者拉着手围着我转圈跳舞。宝贝儿，那多开心啊！

姚莲瑞没在意杨飞燕的话，因为她嘴里的两个情儿的绰号听起来就像宠物的昵称，因为当年在厂里时，她的想象力就是有名的，说起自己的事来都是真实的少、杜撰的多。

但是，杨飞燕的一顿胡说八道，被录音了一样，一连好几天都在姚莲瑞耳边播放着。虽然她们只是吃了一客冷点，又没有喝酒，但她说的那些话却让人醉意蒙眬。尤其是对自己肤色和身段的赞美，无不像一团火一样灼烫着姚莲瑞的耳朵。

遇到杨飞燕那天，傍晚时姚莲瑞没有像往常那样，准时出现在纽约里酒吧。她在家喝醉了。下午从王府井回到家里，她浑身燥热一团，心里边一团燥热。在洗脸时她还对着镜子里的自己说，得喝一杯，消消热气，解解乏。当她打开一瓶红酒时，心里边却非常清楚，之所以想喝一杯，并不是因为热得受不了，完全是明显地觉得身体里好像有一道闸门被打开了，潜藏了很久很久的一股股异样的东西，就像这颜色瑰丽的红酒一样，要流出来。

红酒几乎是姚莲瑞庆祝一切喜事的最佳助手，她高兴时特别喜欢喝上几杯。在从前那美好的时光里，她只要想做爱了，总是在晚饭时打开一瓶红酒，给老公倒上满满一大杯，给自己倒上满满一大杯。这几乎成了暗示老公的一个暧昧眼神。那时候老公的生意正是顺畅兴隆时刻，他的精神状态和身体状态也基本上处于巅峰阶段，做起爱来简直就是一匹脱缰的烈马。老天爷,那种飘飘欲仙的感觉啊,如今,已经坠落到记忆的第 N 层了。这好多年来,他们几乎没有了那种既可以贿赂婚姻又可以使家庭和睦的美事了。现在,他们夫妻之间的关系,可以说是纯洁的清白的。红酒,就别提了,让它躺在酒柜里歇着吧。

姚莲瑞品着红酒,红酒的滋味漫长,在舌尖上逐渐消逝,宛如太妃糖在嘴里融化的过程。往昔的故事、现实中的生活、不知所措的未来,像一群蝴蝶似的在眼前和心灵的天空中飞舞着。原本只打算喝一杯的,可是,整整一瓶都见底了,姚莲瑞还没有把纷繁的思绪理出个头绪来,反而像一只鸣蝉被一道道蛛丝缠得越来越紧。她有点晕乎乎地脱掉衣服,三步两个趔趄,走进卫生间里,使劲地给自己洗了个澡。她想洗去身体的燥热和心里的烦恼。洗完了,她擦干身体后再擦头发时,还顺手擦去镜子上的水汽,弯着腰仔细观看脸蛋,直起腰打量身段。接着,上了瘾一样,她又弯下腰来,细细观看眼角的鱼尾纹,还张大嘴观看牙齿、柔软的舌头、深不见底的喉咙。这一切器官完美无缺,曾经把她自己也迷倒过。现在,一切都还好,都还是新鲜的饱满的,资本还在,条件还是优厚的,她没有理由时常沮丧,她应该相信还有许多美好的事物会接踵而来,就像花朵次第绽放。

实际上,东西还是那些东西,也正在按照生理的规律逐渐滑坡,但在眩晕中的姚莲瑞不相信具有科学性的生理变化,依然觉得它们还焕发着青春的光彩。好像为了证实自己的新发现一样,洗完澡出来,她居然就那么光着身子穿上高跟鞋,在屋里走了几圈。路过穿衣镜前时,她还特地停下步子,左顾右盼一番,在想象的世界里尽情地展示着自己。

纽约里酒吧的灯光好像来自海底，又好像真的来自遥远的纽约。在这样的灯光下，无法看清一个人的真实面容，更看不清一个女人脸上的脂粉厚度；女人的年龄本身就是一张带有密码的光碟，这样的灯光无法读出它真实的内容。虽然姚莲瑞喜欢海水一样的酒吧灯光，但她讨厌脂粉的气味，身边一旦有个脂粉女人，她就觉得自己置身于一堆海洋生物之中。

姚莲瑞之所以有这样的傲慢感觉，是因为她明白，自己还不至于靠灯光与脂粉来与这个世界打交道。她有这点自信，连她儿子，那个在日本的儿子，对宇宙都要挑剔一番的儿子，都赞美过她是个大美人。这让姚莲瑞更加以为，即便是在光天化日之下，自己的实际年龄和外表比起来也同样有着天壤之别，就像谜面与谜底那样。尤其是在纽约里那令人骨头松散的灯光下，姚莲瑞安静地坐在那里，慢腾腾地喝着酒、抽着烟，看起来更是风度翩翩，韵味流长。凡是男客人进来，只要眼光扫到她，惊讶的目光就会驻留片刻。即便那一群天天泡吧的半边党——就是那些小年轻儿，头发只理半边，或左边或右边，或前边或后边，活像精心设计的长毛狗，在酒吧里他们被昵称为半边党——路过她的座位时，也会对她露出讨好的微笑，一副试图要搭讪的样子。甚至，连张信哲在为她服务时，言谈举止，甚至一个微小的表情，都特别讲究。

张信哲就是那个最帅的服务生，长得特别像张信哲，左耳上还有三枚闪闪发光的耳钉。本来，姚莲瑞不怎么喜欢男孩子把自己装饰得太前卫，一副妖里妖气的样子，好像有人生没人管的酷酷流浪儿。但张信哲不一样，如果没有那三枚耳钉，就会觉得张信哲身上少了三分气质，同样，如果不是张信哲，那三枚耳钉也不可能发出那么迷人的细碎光芒。

姚莲瑞第一次看到那个大男孩,就在心里叫他张信哲。

本来,第一次到纽约里,姚莲瑞只是想散散心。她刚刚被又一次失败的老公嚎了一顿,在电话里。第一次就是张信哲为她服务的,那个大男孩,在绵软的灯光下,眼睛显得又亮又蓝,好像欧洲人一样。他的服务规范又不刻板,说话时声音像小夜曲似的那么轻柔那么抒情,说话时三枚耳钉闪烁着细碎的光芒,说话时又亮又蓝的眼睛不轻不重地注视着自己。就在那片刻间,姚莲瑞觉得不能自已,觉得面前的这个大男孩眼睛里好像蕴藏着许多美妙的音乐,而且马上就要为自己流淌出来。

第二次也是张信哲为姚莲瑞服务的。

第三次也是。

以后都是。

酒吧里的这套生意经,被姚莲瑞当成了一种缘分,以至于每次来纽约里,从出家门起心里边就断定,这次一定还是张信哲为自己服务。每次一进酒吧的门,她就会朝吧台那儿张望,忍不住,好像神经中枢出了点小麻烦。等到坐下来时,她肯定就能看到张信哲从彩雾一样的灯光里走过来。

很显然,张信哲已经把她当成了属于自己的老顾客,虽然他没有这样说,但他的眼神,他特别规范的服务话语与动作,无不透着这种信息与默契。尽管姚莲瑞也能感受到这种信息与默契,但她每次都要保持着矜持的风度,只有在张信哲转身去端她点的两听啤酒时,她才会放松下来,目不转睛地看着张信哲就像幽灵一样,慢慢融化在低迷的音乐与暧昧的灯光深处。只要一会儿,张信哲就会端着两听啤酒,

姚莲瑞女士在等待中 | 125

穿过音乐与灯光,像个天使一样迷人地走过来。每到此刻,姚莲瑞就能感到自己具有圣母般的慈祥、高傲和不容冒犯的尊贵。

张信哲穿着海蓝色制服,扎着白色的领结。

姚莲瑞喜欢张信哲这副打扮,尤其喜欢这副打扮的张信哲像幽灵一样融化在那样的灯光里,还会像天使一样从那样的灯光里来到自己面前。

当然,张信哲并不是姚莲瑞在纽约里的全部内容。

姚莲瑞坐在那儿散漫地抽着烟、喝着啤酒时,表面看上去休闲又安详,实际上有好多琐碎事情就像患了病的花朵一样,在她心里缓慢地绽开,并且在挣扎中次第凋零。

远在日本读书的儿子,生意越来越糟、脾气越来越糟糕的老公,对门那个庸俗的长舌妇,天天推到阳光下坐在轮椅里鼻涕流不尽的那个据说当过局长的老头儿,楼后边那几只老在深夜和黎明叫春的猫,不小心买了一块注水肉,动不动就堵塞的马桶,等等,等等。如果说这些来自现实生活的豆腐渣一样的琐事让姚莲瑞心烦的话,那么,来自未来的种种预想则让她感到了茫然:儿子会和那个日本女孩结婚吗?结婚了他们会回来吗?老公生意上看来很难翻身了,那么儿子要是回来怎么解决房子问题?北京的房价啊。让人纠结的还有,比如自己,年龄眼见着大了,接下来怎么办,就这样耗着?直到、直到像那些牵着狗或者抱着猫的女人在什刹海边上无聊地溜达……太可怜了。这可不是姚莲瑞想要的样子。

姚莲瑞想要什么样的,她自己也不知道。因为没有发生的未来,是看不见的,更是不可预测的。有时候,姚莲瑞一想起自己的年龄,一想起每天都在重复的无所事事，在沮丧中，她便不由自主地有了几分悔意。当初那么年轻时就辞去公职，难道就是为了这样逐渐变成了一个没正经事的老妇女，就是为了这样天天晚上来泡吧？而当年，自己设计的玻璃工艺品曾得到过市长的赞美，还当作礼物送给外宾。要不是刚赚了几个钱的老公非要她辞职的话，她在设计玻璃工艺品方面会有很大建树也说不准。反过来说，要不是自己辞了职专心致志在家照顾儿子，儿子也不可能把日语学得比日本人还要好，更谈不上到日本去读书，那个漂亮的日本女孩也未必能喜欢上儿子。

看，转了一圈又回来了。

好像人一辈子就是这么一个圆圈，到了这个年龄，这个圈眼看着就要合上了。纽约里的氛围暧昧又温馨，很适于姚莲瑞的心绪，也很适合姚莲瑞这样的慨叹。每天傍晚在酒吧里的时光，大多数都被姚莲瑞一遍遍在心里画着这样一个圈儿而消费掉了，只是她一直不甘心把这个圈子合上。

当然，也有一部分时光，姚莲瑞花在了张信哲身上。端量着灯光朦胧中的张信哲的背影，注视着站在面前微微弓着腰的张信哲的笑容，他端放杯子时小手指还稍稍跷着，幽雅，优雅。即便说些与服务无关的话，张信哲也是彬彬有礼的，虽然话不多，但他说话的声音好听，他说话时的神态尊贵，他说话时三枚耳钉微微闪烁，迷人。

尽管张信哲严守着酒吧里的规矩，但随着有意无意地问、一句半句地答，没有几次，姚莲瑞知道了关于张信哲的点点滴滴：一个大学毕业后就一直在京打拼的外地青年。除了纽约里的这份工作外，他还有着另一份工作——一家名牌微波炉的维修工。晚上来纽约里做服务生，白天满大街奔波，有时候还要乘坐一两个小时的公交车跑到郊区,到顾客家里修理微波炉。好辛苦,好有拼劲儿,好孩子,你会有出息的。

姚莲瑞一边称赞着,一边总觉得这两份工作简直就是正负极,而且无法对接。但张信哲说这些时,轻柔的话语里透着自信,仿佛他已经对接成功,而且已经产生光芒,正在照耀着自己热腾腾的生活。姚莲瑞看不见那种光芒照耀下的张信哲,她也不喜欢,她喜欢的是眼前这个看得见的张信哲,他会像幽灵一样消失,还会像天使一样出现,不管是消失还是出现,他都能给自己内心深处带来一缕暗暗的别样喜悦。

自从搬到郊区之后,在姚莲瑞的记忆里,张信哲几乎成了一道幻影,包括他像幽灵一样消失、像天使一样出现的美妙时刻。尽管时间永远是锋利的,但它永远只割去多余的。即便在纽约里度过的时光全部消失了,姚莲瑞还是记得最后一次在纽约里的心跳感觉。

最后一次去纽约里也不是故意设计的,事先也没有任何征兆。

就像以往一样,姚莲瑞坐的还是那个临窗的位子,在那种音乐里,在那种灯光里,那个像张信哲的大男孩还是像幽灵一样消失、像天使一样出现。开始时姚莲瑞也没有发现,她只是醉心于观赏这一反复出现的精彩片段,仿佛这是她来纽约里消闲的唯一享受,事实上也是。只是在埋单时,姚莲瑞才忽然觉得张信哲的口吻不像往常那样意味绵长,注目时,才发现他脸上有些黯然,眼神似乎也隐藏着忧伤。这让姚莲瑞有些心动,她想问,她没问,也不需要询问,她深信自己此刻明白了那个大男孩,他生活上一定出了意外,或者家庭遇到了困难,就像许许多多外地打工者一样……在掏钱时,她的手哆哆嗦嗦的，捏了好几张大钞放在了托盘上——姚莲瑞不明白自己为什么会这样做，虽然这在酒吧里不算什么，有派头的客人高兴了就会做出这样的张致。

张信哲为此也没有用异样的目光看她，除了用眼神表示谢意之外，那个大男孩还按照酒吧里的礼节感谢了她——他一手端着托盘，微笑着，一手轻轻捉住了她的左手，腰弯下来，弯得低低的，很绅士地在她手背上吻了一下，就像旁边那个服务女生吻那个付小费的男客人的手背一样。都是看似蜻蜓点水，但不同的是，姚莲瑞清楚地感觉到，在闪电般的一吻中，有个舌尖顶了自己手背一下。

姚莲瑞心头怦然一跳。

接着，一切平安无事，音乐还是那样悦耳，唱的还是姚莲瑞听不懂的歌，一句又一句的歌词，不知所云，但旋律还是那样暧昧，还是那样情意绵绵，还是那样装悲伤。那个活像张信哲的大男孩，表情也没有格外的变化，他那略含忧伤的眼神也只是凝视了姚莲瑞一刻。他那大男孩般的嘴唇线条鲜明，如此饱满。接着，他还是那样彬彬有礼地对她浅浅鞠个躬，又像个幽灵一样，消失在音乐和灯光的深处，宛如一个梦。

这就是姚莲瑞在纽约里消费时光留下的最强悍的记忆。

那暗藏玄机的一吻在她心里烙下深刻的印痕，她感到隐隐的快意，她感到隐隐的疼痛。每天上网炒股之前和股市结束之后，她连电脑都不关，就会走到阳台上，认真地端量一会儿自己的左手，仿佛左手上被命运之神打下了烙印。然后，她垂下手来，惆怅地望着远处的山峦叹息一声。

姚莲瑞如今住在郊区,靠近西山那儿,再也不像住在地安门内那会儿,每天傍晚都可以溜达到什刹海岸边的纽约里,坐上个把小时。细算起来,已经有多久没有去过纽约里了?按说也没有多长时间,好像就在昨晚,又好像是上辈子的经历了。但在纽约里的那种感受,那种浑身上下从里到外的解放,宛如昨晚的一帘幽梦,更像刚刚看过几页的炒股书;所有的一切仍然恍恍惚惚,仿佛好事就在眼前,马上就要发生,马上还会发生。

姚莲瑞想念纽约里。

姚莲瑞不再想念纽约里。

现在,姚莲瑞关心的是股票,她每天都要给杨飞燕通一次漫无边际的电话,大呼小叫地探讨股市行情。有时候,两个人口吻活像吃了败仗的小股民。有时候,口气又像牛市时的评论员,就是电视里的扎着蓝领带的那个鸟人。有时候,她们也会穷聊乱聊一气。杨飞燕最爱说的是她那还停留在想象中的性病专科医院,以及她那有着宠物昵称的两个情儿,当然,这两个情儿也可能是她想象中的有趣人物,用来丰富一下或者打扮一下她的内心生活。姚莲瑞说得最多的是租房子的烦恼,以及她直线下降的身段儿,在日本的儿子和她视频越来越少,包括到现在才明白欺骗了自己大半年、看样子还要继续欺骗下去的脓包老公。

说男人一夜之间白了头,那是由于疾病和夸张,也可能真的发了愁。说女人一夜之间憔悴到苍老的程度,基本上都是因为故事没有美满的结局。姚莲瑞之所以一下子显得衰老了,是因为到了她这样的年纪,再也禁不起事事都揪心的折腾。

在姚莲瑞眼里,老公原本是个厚道、能干、善于动脑筋而且有理想的老公，只是运气不太好。恋爱时节的恩恩爱爱就不必说了，因为恩恩爱爱的恋爱大致都是一样的。老公年轻时是个不安分的人，或者说是个有追求的人，刚结婚就辞了工作，一拍屁股去了日本，那决绝劲儿好像日本到处都是金矿，单等着他去开采。他走时，姚莲瑞已经大肚子了。此后三四年的时光，回味夫妻之爱，想念别离之情，以及养育儿子，以及对未来的美好企盼，都成了姚莲瑞生活的主要内容和快乐源泉。一直到儿子四岁时老公才回来。姚莲瑞带着儿子去机场接他，他像匹发情的烈马，一把抱起老婆儿子，就那样一口气走出了机场大厅。

老公发了财。

老公开办公司。

老公不让姚莲瑞继续和玻璃打交道。

接着，公司时而好时而不好。

接着，儿子大学毕业去日本读书。本来也可以去英国的，但老公对日本有感情，他在那儿发了财。他滔滔不绝，他义正词严。历史，仇恨，当然不能忘记这些，但也不能老看着这些，这些玩意儿能升值吗？要看发展，要看到人家进步的一面，等等。真他妈有眼光，真他妈有高度。

接着，公司陷入困境，倒闭。

接着，转行，做建筑材料。

接着，一天天唉声叹气。

接着，偶尔回一次家里，就吵架。

直到有一天把房子都卖了。

这就是姚莲瑞从前的生活，由很多"接着"组成。好多人的生活基本上都是类似的，有曲折，有坦途，就是没有让人心惊胆战的悬崖绝壁，也没有让人心旷神怡的巅峰时刻，连个吓人一跳的急拐弯都没有。

沮丧。没意思。在搬到郊区之前，姚莲瑞在寂寞里回想起往昔时，总是忍不住要发出这样一声叹息。可是，好像生活还没有濒临绝境。那天晚上，老公兴冲冲地回家了，回家之前，还打个电话，问家里还有没有红酒，要不要他顺路带一瓶回来。

真是破天荒！自从儿子去了日本，姚莲瑞和老公就没喝过几次红酒。尤其是转行做建材生意以来，老公几乎连家都很少回。出于女人的警惕，姚莲瑞去参观过老公在外边租的房子。她特意选择傍晚时分去的，还特意打扮了一下。真不堪。那间简陋的平房敞着门，她风姿绰约地站在门口，看到西装革履的老公和一个矮胖的工头吃着方便面、喝着啤酒——老公就这点好，无论多么落魄，无论身处何地，都会保持风度，都要保持男人的尊严——姚莲瑞一下子原谅了老公。男人，也不容易啊。尽管每次回家一碰面就发脾气，大事小事就得吵架，尽管不像以前那样有钱了，但每次给自己钱时他是大方的，给儿子钱时更是大方的。姚莲瑞二话没说，当即把老公拉回家喝了一瓶红酒。第二天，老公说什么她都不管，她一定要他到医院做一个全面检查。结果很不妙，高的太高，低的太低，就像老公最有钱时买的那辆奥迪一样，也就是说，不仅整个车需要来一次大保养，而且很多零件也需要更换了。

没有进行大保养，什么零件也都没换。没有时间。有理由。老公忙。老公就是不相信医院的科学诊断，他坚认自己的身体就像自己的奥迪一样，大品牌，质量绝对可靠。可是，老公要带瓶红酒回家那天，事实证明，再大的品牌，时间长了也会出问题。红酒喝了，人是兴奋之至的，开始时也是信心倍儿强的，但是，过程是力不从心的，更别说辉煌的结果了……姚莲瑞的沮丧是可想而知的。老公人高马大，一直被她认定是生活中的坚强依靠，想当年喝了红酒——想当年又有什么用呢？

老公高兴时善于描绘美好的蓝图，姚莲瑞对此已经很熟悉了。几乎已经荒废的事情，尽管加足马力做了，结果还是捉襟见肘，但这丝毫没有影响他的兴奋情绪。他兴高采烈，开始畅谈他终于抓住一个大机会，打翻身仗的时候到了，再也不能委屈姚莲瑞，他的老婆，他的辛辛苦苦大半辈子的老婆，不能再住在这样的房子里，三个月之后，他们将住进北四环边上的豪华别墅里。但有一点小困难需要姚莲瑞克服一下，先到外边租房子住下，等豪华别墅装修好了，再搬进去。而目前自家这套房子，虽然旧了点，但地段好，可以卖个好价钱。他之所以有这样打算，是因为这个大机会需要一笔巨额资金。

就是这样。

事情就是这样简单。

姚莲瑞从来没有怀疑过老公，因为老公从来没有做过让她怀疑的事情，他只是运气不好。她曲着胳膊撑着身子，侧望着老公，老公鬓边有了白发，哦，他快五十岁了，脖子上还挂着那条最有钱时买的金灿灿的粗项链，肚子也变成了小山包，装满了啤酒、方便面、忍耐、抗争，还有看不见的坏运气。也许命运看他辛劳勤奋的份儿上，最后赐给他的一个机会——当时，姚莲瑞就是这样想的，她甚至为自己有这样的想法而感动了一下，情不自禁地在老公那胡子拉碴的脸上亲了一下。

姚莲瑞心甘情愿，满怀憧憬。

她花了一个星期的时间，搬到了郊区，就在这西山脚下。

且不说地理位置好歹，新租的房子只有两居，而且比自己在闹市的三居还要陈旧，结构也怪异得很。邻居大多是附近一家食品厂的职工，早上班晚下班，手重脚重，咣当当，咣当当，别说睡个安生觉，想有片刻安静的心情也不能。房子老化得厉害，沙尘暴一刮，满屋子黄尘。电闸也不体恤谁，谁的账都不买，受不了就自动跳下来，灯光一闪全楼黑暗。他妈的冰箱里的东西化了。他奶奶的微波炉烧了。妈，奶奶，一片叫嚷与咒骂。接着，咣当当咣当当，灯又亮了。

要命的还有，这么远郊的一个小区，已经有了风景优美的西山，但还非要弄个供人休闲的小花园。机器、工人，挖出不合时宜的树木，栽上合乎时宜的树木，铲去野草野花，种上进口的草皮和名贵的鲜花，修路，挖坑，埋电缆，埋路灯，设置健身器材，等等，等等，嘈杂一片，连买瓶酱油都要绕一大圈路。

姚莲瑞再也不想纽约里了，好像纽约里只是她前世的一个梦境。

老公也不再提豪华别墅。

姚莲瑞也不提。

姚莲瑞知道豪华别墅没有了，那不过是一个男人的梦想或者谎言，他把这个梦想或者谎言给她的同时，那些靠不住的鬼玩意儿当即就消失了。

住在西山脚下的姚莲瑞像个普普通通的中年女人那样，每天都要绕过喧嚣的工地，到吵吵闹闹的菜市场里买菜、羊肉、鱼，有时候还要和小贩们拌几句嘴。有时候，她还要步行到那个离住处两三站地的超市，买酱油，买醋，买卫生巾，付钱时还要顺手买一盒口香糖，顺便对收钱的小姑娘笑一笑,那个小姑娘有着两颗小虎牙,青春,洁白。

偶尔,姚莲瑞会坐一个半小时的公交车,到市里的邮局给儿子寄东西,远在日本的儿子就是喜欢北京的小物件。办完了这些,姚莲瑞还会随意在哪个小商店里买支棒棒糖,以便在返回的路上打发落寞的心情。真的,公交车出了市区,越开越远,老也不到终点,仿佛要开到一个荒无人烟的地方。四周的郊区景色越来越美好,也越来越土气,也越来越没有了感情。虽然她住的地方也有地铁,但她不喜欢坐地铁,那种什么也看不见、只能听见一阵阵轰隆隆的地下飞驰,会让她感到大脑麻木。她喜欢就这样坐公交车,含着棒棒糖,眼看着美好的景色一点点退去,那逐渐荒凉的变化与她心里的感受严丝合缝。

姚莲瑞终于迷上了炒股。

炒股很难发财。炒股别想发财。虽然炒股并不是为了赚钱,但可以使自己的生活充满刺激。尤其到了我们这个年龄段,生活里没有点刺激,日子太乏味了。在电话里教会姚莲瑞炒股的同时,杨飞燕把自己的炒股体会也传给了她。

杨飞燕给姚莲瑞的电话十分密集。

在玻璃工艺品制造厂时,姚莲瑞和杨飞燕并没有什么交往,甚至连手指都没有碰过,她没有机会和杨飞燕来往。杨飞燕太灵活了,对任何人都是见面亲个死,不见面死不亲,这点优长是全厂都知道的。但是,自从夏天在王府井碰面后,杨飞燕和姚莲瑞一下子有了密切联系。上午在菜市口遇到个中学同学,他现在眼花得几乎要瞎掉了;下午在平安里遇到个玻璃同事,小样,装了一副假牙就绷起脸来不认人了;前天邻居两口子为了他家的小狗贝贝吵架吵半夜,有什么好吵的，动手啊，打架也是解决问题的一种手段嘛；昨晚老公的同事喝得住院了，刚住下就尿人家一床；美廉美日用品降价，面膜在网上购买更便宜，她昨夜在梦里又减掉了五斤肥膘肉，她女儿把第六个老板炒了，等等，等等，都成了杨飞燕打电话的内容。

当然，这些都是在教授炒股之余说的，虽然还是那样吵吵嚷嚷，但姚莲瑞觉得杨飞燕变了，仿佛时间不仅改变了她的品质，还增强了她的习性，使她变得又真诚又热情又有耐心了。搁在以前，姚莲瑞早烦了，可是现在，她很喜欢杨飞燕每天打来电话，就好像每天上午十点她必须打开窗户，呼吸一会儿新鲜空气。现在的杨飞燕几乎就是一个不可或缺的窗口，通过这个窗口，姚莲瑞看到了外边的世界，天地花花绿绿，人群纷纷攘攘，大气层下还飞舞着许许多多的幺蛾子。

每天电话一结束，姚莲瑞就觉得自己终于成了一个凡人，心情居然这么容易宽松快乐。她站在阳台上张望西山落日时，还会觉得落日的余晖十分迷人，住在郊区真好。

终于，杨飞燕在电话里说一件正经事。

王喜要宴请大家。也就是说，成了富豪的王喜想请玻璃同事们聚聚。

姚莲瑞，你一定要去。王喜都点名了，你离开厂子以后谁也不联系，人家都急了，说一定得请到你。我把你的地址给他了，他会给你发请柬的，你要注意接收啊。杨飞燕叨叨叨叨叨叨，半天才刹住嘴，临了，还来了一句，那小子，还惦记着你呢！

杨飞燕酸溜溜的尖叫声还没有完全消失，王喜的样子便在姚莲瑞眼前飘出来：丑，怪，但不是丑八怪；小个头，小细眯眼，看见女人就一脸笑嘻嘻的,尤其是看自己时,那眼光简直想咬人。

就像当年在厂里一样,王喜做什么事都特别较真,一张请柬也要发快递。姚莲瑞打开请柬时,又看到了长相又怪又别致的王喜,看到了乱糟糟热乎乎的往昔,她还看到了那些漂亮的玻璃工艺品。在赴宴前的两天里,姚莲瑞心里边飘满了王喜的影子,耳朵里也都是王喜的俏皮话——当她意识到这一点时,心里咯噔噔跳了好几下,然后,她不自觉地走到卫生间里,看着镜子里的自己,想起往昔姣好的容颜,想起当年和王喜做同事时的点点滴滴。

一切都变了,但一切变化都那么小。

王喜个头没变,还是那么秀气,肚子也没有起来,说话还是那么风趣,但以前显得滑稽的举止,此刻却显得稳重并且充满了诗意,还幽默了很多。在豪华的巨大包房里,王喜像个国家元首一样接见了到场的六十三名玻璃同事们。他和男人们握手,叫他们的绰号,跷着脚跟拍他们的肩膀;他和女士们握手,赞美她们青春绵延容颜依旧,完全可以做某某人的小三或者小四小五。甚至,他握住杨飞燕的小胖手时,因她染得又红又亮的五个指甲而绅士风度十足地吻了一下她的手背。到了姚莲瑞,王喜则握住她的手摇啊摇,摇啊摇,一个劲儿抱怨她离开厂子那么早,抱怨她老不跟人联系,谁也不见她芳踪,好像一朵茉莉花,无声无息地消逝在风里。姚莲瑞握着王喜的手,觉得干枯的心田被他雨露一样的话儿润透了,眼看着就要长出禾苗来。

王喜全没有大富豪的谱儿,在开席之前,还即兴袒露了他的成功秘诀,一开口还像从前那样,口才活像竞选总统。综合起来,王喜成功秘诀就是一个字:搞。搞准机会,搞定必须要搞定的部门,搞水,搞电,搞电缆,哪儿需要就在哪儿搞一下。不光搞这些看得见的,还要搞一些看不见的,搞心理,搞策略,搞诡计,有时候还要搞一搞尊严和良心,只要中心点是利润,只要不违法,什么都可以搞。王喜介绍完他经商二十余年的成功搞法,端着满满一杯白酒,站了起来,目光绕着巨大的圆桌,在六十三名玻璃同事的脸上巡视了一番,很严肃地发表了祝酒辞:先生们,女士们,来,大家搞一下!

这场相隔了二十余年的老同事聚会,没有给姚莲瑞留下一点儿快乐的感觉。在暧昧的夜色里,她吭吭哧哧又坐了一个多小时的公交车,回到在郊区租住的家里,除了精疲力竭,她确实也没想到这场盛宴和自己有什么关系——并没有出现奇迹,没有像临出发时杨飞燕在电话里说的那样,王喜要给她一个有相当密度的拥抱。没有。即便在正式介绍大家时,王喜也不过示意她站一下,表明她就是也曾在玻璃工艺品制造厂工作过的姚莲瑞,和大家做过同事。

第二天下午,虽然因奔波于聚会而诱发了脚底的鸡眼发作,但姚莲瑞已经忘了昨天的聚会,只是专心致志地伺候鸡眼。看样子,她已经把聚会这件事当作针尖上打战的一粒微尘,连她鸡眼的重要都没有。

姚莲瑞坐在窗前正伺候鸡眼,好听的电话铃声响起来。

是杨飞燕打来的。

杨飞燕还沉浸在昨晚的盛宴里,她先把昨晚见到的六十三名玻璃同事逐一评价了一番,接着她着重地大说特说了不起的王喜,那口吻热切,熟络,仿佛王喜即将代替她的户籍警。宴会结束大家散伙时,姚莲瑞都没和王喜告别一声,就匆匆奔向公交车站。杨飞燕和王喜告别了,她不仅很在意王喜再次和她握了手,还尤其欣赏临别时王喜对几个女同事的评价。王喜当然是喝得找不着北了,也不经大脑过滤,坦率又幽默地把女同事们比作蔬菜水果,谁是水芹,谁是小香瓜,谁是大苹果,谁是小菠菜,谁是大白菜,杨飞燕是茄子,不是紫的那种,是不紫的那种。真不愧是有钱人,特注重健康食品,特了解蔬菜水果有益于身体,连有着特殊营养的这种茄子他都门儿清。

姚莲瑞特别想知道自己是什么。

杨飞燕说,你是腌黄瓜。

腌黄瓜?腌黄瓜什么样子啊?

姚莲瑞一下子把剜鸡眼的小刀扔到地上。

婊子养的。

别忘了你爹是街边修自行车的。

姚莲瑞简直气疯了。她草草挂了电话,坐在那儿心眼儿里胡乱骂了半天,还不解气,也不服气。好像要验证自己一样,姚莲瑞光着脚,忍着鸡眼的疼痛,又冲动又负气地跳到穿衣镜前,她想看看自己是不是真的成了腌黄瓜。哦,光线有点暗。她转过身,走到墙边打开了灯,但她又站住了,她没有再转身走到穿衣镜前,因为她知道,镜子里不可能再出现那张青春洋溢的面颊。

家里的电话和手机还是响得那么勤,但姚莲瑞却很少再接杨飞燕的电话了,连短信也不给人家回。她现在的兴趣也不在炒股上了,上网也很少了,只是偶尔会网购一些东西,比如面膜之类。在更多的时间里,她只是端着一杯绿茶,坐在阳台上观看太阳向西行走,观看西山的景物时而清晰无比,时而朦胧一片。屋里的电视一直是开着的,坐在阳台上的姚莲瑞听着男人女人的说话声,时而激昂时而低迷,她不需要去看,就已经知道了电视里的故事已经发展到哪儿了。只有到了下午三点半以后，姚莲瑞才满怀希望地坐在电脑前上网，等待着视频中可能出现的儿子。

可是，现在，儿子也不经常出现了。

在搬家之前，特别是在儿子刚去日本不久，在这个钟点，儿子一准会出现在视频上，向她诉说所见所闻，向她展示自己的进步。有很长一段时间，下午三点半和儿子视频成了姚莲瑞的一杯下午茶。可是，自从儿子在上课之余找到了一份工作，或者说自从那个日本女孩出现以后，这杯下午茶变得越来越淡了，甚至给他的留言，他回起来也像匆匆离开的背影。姚莲瑞有时候想儿子了，也只有翻看一会儿影集，在重温从前的快乐时光时，她时而忍不住慨叹一声。

老公更不用说了，看不着人影，电话和短信一样，稀薄得如同海水中的空气。搬到郊区以来，他只来过一次，就是搬家那天，匆匆忙忙，好像只是为了记住路线，以备变成鬼魂时来拜访她。豪华别墅，但愿，他别和豪华别墅一样，只是个许诺与谎言。

姚莲瑞终于找到了事做。

姚莲瑞发挥精于设计的特长，开始修改衣服，修改那些以前最能显示丰满身段的衣服。按说，尽管老公没有钱了，自己花钱也不像以前那样从容了，她也不缺少衣服穿，但她修改衣服时，心里老觉得自己做了一件实实在在的事情，而且还能满足一下自己虚妄的心愿。自己的丰满被时日一块一块地挖掉了，她也得把衣服一块块地剪下来。每次把修改过的衣服穿身上，在镜子里，她欣慰地笑着，仿佛终于把自己的灵魂修改得更合乎肉体了。这时候，门铃一响，她就穿着这样合体的衣服去开门，把在网上订购的面膜收下来。送货的是个小姑娘，右嘴角有一颗美人痣，每次都要伴装惊讶地赞美姚莲瑞一番。不过如此。有时候，姚莲瑞贴着面膜修改衣服时，心里也非常明白，小姑娘的赞美不过是对自己的安慰，要消逝的东西是无法挽留的，而自己这样做，无非是想让那些东西走得慢一些，尽可能地慢一些。

初雪飘落的这天，姚莲瑞修改好最后一件冬裤。裤子是藏青色提花呢的，是四十岁生日那天老公给她买的。她做好最后一道修改工序，穿上试了试，好像很满意自己的手艺，两手抄在口袋里左看右看，那快活的样子仿佛又回到了当年。

接着，按照近来的习惯，姚莲瑞来到卫生间里。开始贴面膜，整理额前的头发。她做得那么认真细致，似乎经过努力打捞，往日的容颜还会捞回来一些。贴好面膜，在头发上卷了六七个发卷，她又点上一支烟，一边抽，一边看镜子里的自己。把香烟放在卫生间，也是她最近养成的习惯，她坐在马桶上抽烟时，常常会想起坐在纽约里抽烟的悠闲样子。

镜子里的人被面膜和发卷装饰着，充满了神秘。透过淡薄的烟雾，姚莲瑞一动不动地凝视着镜子里那个妖怪似的陌生人，仿佛等待发卷和面膜发生物理变化，只要等到时候把这些东西摘除了，她就会打碎魔障看到从前的自己。

这时候，有人敲门。

姚莲瑞顿了一下，朝水池里弹了弹烟灰，夹着烟走了出来。

她打开门时，一下子愣住了。

是张信哲。

也就是那个活像张信哲的年轻人，他挎着一个帆布工具包，虽然穿着维修工的制服，但很讲究地围着一条花格围巾，头发上还有着一些雪花。看着脸上贴着面膜、头上盘着发卷、手上夹着香烟的姚莲瑞，张信哲先是满脸愕然，继而露出迷人的笑容：您好大姐，是您家的微波炉坏了？

姚莲瑞没有说话，只是摇摇头。但她的目光不由自主地落在他的左耳上。那三枚耳钉不见了，它们原本是钉在这个左耳上，微微闪烁，迷人。姚莲瑞心头怦怦直跳，差一点儿没问他，你、你怎么没戴耳钉呢？修微波炉也可以戴耳钉的啊！可是，张信哲没有任何解释，只给她浅浅地鞠了一个躬，就像把两瓶啤酒放在她面前之后那样。姚莲瑞差一点儿想请他进屋坐一会儿，但她犹豫了一下，她怕一张嘴说话张信哲就会认出她。他那大男孩般的嘴唇线条鲜明，还是如此饱满。说不清为什么，姚莲瑞不想让他看到自己现在的样子。或者说，她不愿意破坏自己给他留下的矜持与端庄。他也没有给她更多的时间，一边说着抱歉的话，一边下楼，一边掏出手机。直到他接通了真正要修微波炉的人家，姚莲瑞也没能张开嘴喊他回来。

这不是一个梦境。

但愿这只是一个梦境。

然而，千真万确，这是姚莲瑞生活中的最后一朵花，只不过还没有来得及绽放，就消失了，比昙花凋谢得还要快。

姚莲瑞关上门的一瞬间，在纽约里的往事如同一群虫子，闹得她心里异常难受。她又回到卫生间里，再次端详镜子里的那个妖怪：头发上卷了六七个发卷，面膜下露出的嘴唇不争气地颤抖着，还有一双眼睛，那么空洞。她下意识地抽了一口烟，当她把烟雾吐出来时，意外地看到有两行泪水滑落下来。

就这样反而更好。

姚莲瑞心里这么说着，一边打开水龙头，使劲地洗手，洗左手，仿佛要把那曾经的神秘一吻彻底洗掉。

春天又来了。去年秋末完工的花园第一次呈现出百花齐放的景色；树木也挂满了绿绿的嫩叶。可是，没有什么征兆，姚莲瑞与青春有关的一切却全部消失了。第二个月，姚莲瑞又等了二十一天，该来的东西依然没来。她终于明白了，那东西再也不会来了。也就是说，最后一根线断了，最后一根稻草也随着时间之波流向了远方。就像千辛万苦地逃避，致命的危险还是来到面前，并且无情地降落在你身上。

姚莲瑞把最后一包未拆口的卫生巾扔进了垃圾袋里。

她提着垃圾袋走出门时，居然神奇地这样想：青春和苍老之间没有缝隙，没有一点点可以躲避和停留的地方。在年龄的分水岭这儿，自己已经落到了这一边，就像太阳西下，过了山梁，很快，晚霞也会随之消失了。

现在，姚莲瑞几乎每天都要到花园里溜达一会儿。虽然遭受了很长一段时间的吵闹，但是，姚莲瑞一旦走进花园里，她就会忘掉以前的烦恼，忘掉所有的不快。她很喜欢这个小巧玲珑的花园，早上或者傍晚，她就会到花园里散散步，看看儿童玩耍，听听老头儿逗鸟的嘘嘘声。更多的时候，姚莲瑞则是坐在崭新的木条椅上，目光呆滞地看着透过树木的细碎阳光洒落在生机勃勃的花草上。

空 房

郑建华

王涛做生意赚了钱,买了套海景房,四室两厅两卫,几年住下来,心肝肺肠子腰子肚子都住得熨熨帖帖。王涛又攒了一笔钱。这年头有钱还是买房实落。

王涛依歪床头,泡一杯崂山绿茶端着玩着品着,目光散了吧唧地看窗外,正退潮的海水围绕着两块礁石,忽儿埋了,忽儿又露出,渐渐地埋不住了,露出一大一小两块礁石,大的长窄,小的椭圆,猛一看像在海里安了个"!",王涛没这么有文化,是儿子王沛然说的。儿子还说,这两块礁石窄长的像台湾,椭圆的像海南岛。王涛仔细端量端量,嘴上不说,心里佩服起这小子,真他妈的像。看来这小子是个读书的材料。

王涛又琢磨对门邻居了。

王涛搬来五年多,对门801户人鬼不见一个。好好的房子白白空着也不租也不卖,钱哗哗地淌,真不是个过日子的主儿。交物业费时,王涛装作有一搭无一搭地问经理:我家对门801住的什么人物?都说神龙见首不见尾,这家倒好,首尾都不见,他交不交物业费?

物业经理满脸堆笑地说:不交。空闲好几年了。王涛咂摸着嘴说：有朋友托我打听打听想买下来跟我搭伙做邻居，帮帮忙，查查怎么和这家联系？

物业经理更笑得看不见眼珠说：联系不上。好多人都来问这套房了。王涛眼睛睁大了一圈：嗯？都谁问啊？

物业经理把笑容减了一圈：你们单元就有两家。901来问过，701也来问过。

王涛心下大明，原来惦记这套房子的人真是大有人在啊。901，701加上自家802，正好摆了个军棋里竖"品"字形地雷嘛。这说明什么，说明英雄所见略同，说明这房子抢手。

王涛从此惦记上这套房子，闲来无事就琢磨琢磨。平时进出门也有了心事，站在801防盗门前歪着脑袋听听有什么动静。能有什么动静，什么动静也没有。

生意一松，王涛请了一顿饭，鲍鱼海参上了个全，托朋友去了趟市房屋交易中心，查查801到底什么来头。到底是海参鲍鱼使了劲，很快朋友打听出结果：房主叫张伟，身份证是广东深圳的。一次性交的款，记下一个手机号，打了，是空号。

线索断了。估计901和701也走的这个路数，算是走到天涯海角死胡同。然而，王涛是个不见棺材不落泪的人，他不相信锅腰子直不起来，这条路走不通，还有下条路能走。

只要在家，王涛都会留意对门动静，长此以往，习惯成自然。每次进出家门，王涛都瞅着对门叨叨两句：不管是大哥大姐小妹小弟大侄子大外甥，你们显显像，出出影。我就一个意思，房子别这么空着，说个价，卖给我。你也方便我也方便。将来儿子结婚当新房再没有这么方便的了。可是嘀咕归嘀咕，801死活不显像。

空房 | 147

有一天，生意上有个急事，王涛去机场赶早班飞机。凌晨五点就收拾停当，拖着拉杆箱出了门。一出门，一咳嗽，楼道的感应灯亮了，王涛伸手习惯性地去按电梯显示键，眼看就触摸上了，王涛的手突然像被烫着似的"呼"地抽了回来，心脏"别别别"一阵说不出滋味地轻跳。

电梯楼层显示板上豁然亮着一个"8"字。

这就怪了，8楼只住着自家，对门801空房没人住。而王涛一家，儿子高三住校，老婆从昨晚八点和自己溜达回家就没出过门。半夜三更是谁上8楼？王涛瞅瞅对门，侧耳听听，鬼动静也没有。闹了妖了？怎么个情势？王涛愣愣神，再一看时间拖不得，疑疑惑惑进了电梯。

出电梯间，出单元门，王涛边上车边朝楼上看，乍暖还寒，整个单元只有自家的灯白刺刺亮得扎眼：去他娘的，兴许哪个小子半夜喝大了，瞎按着玩的？

从此，王涛晚上应酬回家又多出个毛病，停下车，往单元门走时，会仰脸瞄瞄801的窗户。每回都是黑黢黢的。王涛就骂：真他妈的遇上瞥眼子了。

又一晚王涛喝大了，趔趔趄趄地被人送回来。夜深了，下了车，送他的人要扶他上楼，他不从，人家就走了。往单元走时，王涛下意识又仰脸朝801看，咦？窗上有一层模模糊糊的光，土黄色的。王涛一个愣怔，酒醒了两分，再定睛一看，土黄色的光没了，晾台黑乎乎，窗户也黑乎乎。王涛揉揉眼：看马虎了？出现了幻觉？歪歪斜斜地乘电梯上到8楼，借着酒意拍打801的防盗门喊：有人吗？有人言语声儿，老子想买这套房。801纹丝不动。

第二天酒醒，别的事忘了，这事反倒没忘。一想就乐。王涛挖苦起自己：都醉成八带鲻了，还能不看马虎？幸亏看成土黄色，要是看成金黄色还不发大财了？别房子没捞着，落下病根儿就不合算了。至此，王涛关注801的心劲便弱了几分。进出家门，记着就瞅候两眼，不记着就算了。

有一天老婆带回来个消息，说她和楼下701的大白脸女人拉呱，大白脸女人问老婆：你们对门住着，见没见801的人？

老婆摇头也问：你们住楼下，没听见楼上有动静？

大白脸女人直晃头说：真滑稽，这么好的房子白白空着让人怪心疼的，租出去一年也十三四万。

老婆敷衍着：谁说不是，咱小区的房子升值升到一平米快两万了。

大白脸女人说：我真想买下801，做个复式多好。

王涛据此做出两个判断，一是701也对这套房子和自己一样贼心不死。二是801是个有钱的主，瞧不上那点子租金，人家在捂房呢。结论是：时不我待。这话也是跟儿子学的。王涛不愿说这么文绉绉的话。臊得慌。

应了那句老话：不怕贼偷就怕贼惦记。冤家路窄。选日子不如撞日子。

也该着王涛有缘，一天半夜王涛吃坏肚子，拉得翻江倒海，又伴着高烧不退。本想熬一熬，等天明再去医院。可是老婆吓坏了，撺掇王涛去医院。两人急匆匆穿衣戴帽，临出门老婆还给王涛找个大口罩戴上。

一出门，楼道的灯亮得晃眼，再一看电梯门正徐徐关闭，王涛只来得及看见电梯里一男一女,女的捂着帽子正好和王涛对了眼光,眉眼挺好看,眼里流出一丝惊诧,一只耳朵挂着口罩带,正往另一只耳朵上戴,身量中等偏上。那男的侧着脸,白脸膛。王涛紧着要细看,电梯门关上了。等王涛两口子急火火下了电梯,院里一派寂静。问小区胖门卫刚才有没有车出去?门卫懒沓沓地说,好像有一辆。王涛又问,车号呢?胖门卫边摇头边打哈欠。王涛骂了一句:吃饱墩。

后来王涛问老婆男的长什么样?老婆说光记着男的拿着口罩准备戴,光顾着锁门,哪来得及看?

王涛又问女的长什么样?老婆还是唔弄不出个地瓜油来。

王涛斥责老婆:你长眼管什么用?管喘气的?管吃饭的?管闻味的?我拉肚子拉得稀软稀软的还看清那个女人的眼,你又没病,就看见人家手里拿着口罩。哼,看个破口罩有什么用?

老婆气得回了一句:你就看女人有本事,你怎么不先看男的?

王涛恶狠狠地瞪了老婆一眼,老婆赶紧闭嘴了。

等王涛病渐渐好了,王涛依歪床头寻思:别说守株待兔还真守出兔子来了,还一公一母。看来801喜欢过夜生活。王涛后悔那天走得晚了一点,都赖老婆磨磨蹭蹭,非要找口罩。要是不找口罩,正好与那俩人撞个正着,问问人家房子卖不卖不就行了。卖就卖,不卖拉倒。碰上热心肠的兴许还留个电话,以后也好建立个联系。老话说:远亲不如近邻,近邻不如对门。对门住着知道个底细,也讨个安全:"兔子还不吃窝边草"呢。

转而又想:对门十有八九是包了二奶,打了野食,王涛眼前浮现那女子蛮水灵的一双俊眼,身段也不错。真是二奶,遮人耳目是必须的。这种事,王涛还是蛮同情的。王涛也打过野食,有过情史,都短。一见委身自己的小女子情窦窦一副要赖上自己的苗头，王涛立马撤火，遣散。王涛可不是情种，更不愿倒贴。不上瘾。加上老婆还算是个不错的老婆，也就不黏手了。

王涛断定有二：一、不管是金屋藏娇还是藏什么指定会再来，谁见过见腥不吃的猫？二、老天让自己撞见神龙见首也见尾的一对儿，算占了先机。在生意场上闯荡惯了，王涛再明白不过先下手为强的谋略。病一好，王涛写了张纸条，让老婆塞在801门锁门缝偏上，纸条上一行字：802问801，房子卖不卖？

每天进进出出，王涛和老婆都能看见那张小纸条。纸条不动说明801没来人，没来人王涛就耐心等待，倒活脱脱的守株待兔。

那天一开门，一张四指宽的纸片悄然落下，老婆拾起来，赶紧蹀躞着递给王涛，说门口捡的。王涛一看，眼前一亮，纸片上一行字：

801不售不租。

这口气，一看就不是凡人，拿捏到位。失落归失落，王涛还是有点舒坦，人家毕竟给了自己面子。不售不租就不售不租吧，还能牛不吃草强按头？老子瞎操了这些日子的心，行了，这事就这么过了，不想了。

王涛真不想了，往别处打捞房子去了。很快买了一套，户主是儿子王沛然，离自家不太远。地角，环境，楼层，户型，面积都挺满意，还是酒店式精装修，省心。王涛不再留意对门，各人过各人的日子，谁没有个旮旮旯旯七荤八素？狡兔三窟的故事王涛是完全理解的。王涛也不是没狡兔过。男人嘛。

那天夜里王涛做梦，端的梦见801的男人，白脸膛，侧着身，手拿口罩正徐徐朝王涛转过脸来，王涛待要上前看个清楚，人家一扭头

空 房 | 151

回身走了，待要去追，须臾间横在面前的却是一双女人的丹凤眼，似睁非睁，王涛只觉得熟悉异常，却一时记不起在何处何时见过？一急，急醒了，猛地记起是801女人的那副眉眼。王涛自嘲起来：房子的事撂下了，这对狗男女倒惦记上了，你真他妈的要命。用老婆的话说，你就看女人有本事，这话评价得还真到位。

老天作怪，阴不差阳不错。王涛是无意间发现那女人的。王涛历来不关心本市新闻，那天老婆拿着遥控器三转两转地挑电视剧，电视剧还没播，先播本市新闻。打个哈欠的工夫，王涛一眼瞟见屏幕上有双谙熟的丹凤眼，王涛一个激灵，紧着要看，镜头忽而闪过，新闻播完了。没错，是801女人的那副丹凤眼，耳根子恍惚记得播的有关福彩的事，看来这女人和福彩有关。王涛随即上网一搜，一张扶贫帮困的照片中堂皇站着这个女人。底下一行小字，市福彩中心副主任袁静怡到隐庄镇视察工作。呵呵，踏破铁鞋无觅处，得来全不费工夫。王涛着实有点佩服自己。老子这双眼，真真切切过目不忘啊！

打出两个电话，袁静怡的情况摸个门儿清。这一摸竟摸出袁静怡背后一条大鱼来，袁静怡的老公竟是本市政协副主席兼墨岛开发区主任李军。王涛仔细对照网上李军的照片，尤其是去基层调研的侧面照，和储存在自己脑海里的白脸膛侧身印象迅速重合。王涛激动地一拍脑门：搞定！801就是这两口子无疑。喜从天降。

人家是正牌夫妻，断不是金屋藏娇。801是他们的房子。可正理八道的两口子为什么鬼鬼祟祟地半夜出行？是要避人耳目不想公开，为什么要避人耳目？有鬼。有什么鬼？这房子来路不正。为什么来路不正？还能为什么？地球人都知道。王涛挺高兴，有一种捏着人家软肋的嚣张爬上嘴角。再继续想谁能空着房子不住，又时不时地隐蔽光顾？光是个空房子有什么好视察的？嗯？嗯！想到这里王涛激动得有点哆嗦了。

那几日，王涛天天泡茶望海，越望越觉得海里那个惊叹号"！"礁石惊心动魄。用儿子王沛然的话说"鬼斧天工"。

从此，王涛破天荒地关注起本市新闻来了，尤其是李军副主席主任和袁静怡副主任的行踪。老婆纳了闷：你不是想当政协委员吧？老婆是个笨老婆，可是老婆的这句话倒提醒了王涛，对，何不弄个政协委员当当。人家当得我就当不得？光他们家祖坟能冒青烟，俺家祖坟就不能冒青烟？！当不上市的，弄个区的当当也脸上有光啊！王涛一有闲空就上政协网开发区网，看看李军副主席主任都干什么，说什么，政协委员们干什么，说什么。一来二去，王涛参政议政水平眼见提高，酒桌上冷不丁拽出几句官腔，逗得那帮子酒友直乐。王涛是个心里能盛住事的人，这个心思对谁也没说，酒亦不轻易醉，惟恐失言。

日子一长，王涛又琢磨：当政协委员太虚，不干那个。墨岛开发区的生意可是遍地都是，哪个来头都不小，能不能插上一脚？只要李军主任金口一开，钱还不是哗哗地来。王涛掂量来掂量去：须正八理儿找个由头和801勾连勾连。怎么勾连，还往门缝里塞纸条，这法太低档。最好面谈。怎么面谈，能明打明地进衙门求见，见面说什么，就说我是你对门的想来跟你交个朋友，哼，开国际玩笑，哪有这么交朋友的。要不搞到他们手机号，打电话约个时间建立个联系，这事倒还靠谱。不出几日，王涛悄悄弄到801男女的手机号。号码在手，打不打，打了说什么，人家一口回绝怎么办，用801这套房子要挟人家，那真是黔驴技穷了。人家有权有势，想找自家的茬还不跟捏死个

空房 | 153

蚂蚁似的，自己身上又不是没有屎。别偷鸡不成反蚀一把米，蚀一把米倒是小事，一旦引火烧身可就亏大发了。人家801是悄悄进村，打枪的不要就为了隐匿，自己硬板着老脸和人家套近乎，能套得上？这事还是悠着点吧，不见鬼子不拉弦，就是见了鬼子也不能轻易拉弦。

有一天王涛心情不错和老婆拉呱拉到对门。王涛说801可不是一般人物。

老婆快言快语，不是一般人物是二般人物？

王涛说801是个大人物，来头不小。

老婆乐了问，你不是说人家是姘头轧伙二奶小老婆吗？

王涛说不是轧伙，人家是原配，人家坐的是大船，咱坐的充其量是个小舢板，不对等。

老婆一听来了劲两眼闪光，小舢板就得往大船上靠。

王涛说靠是想靠，就怕人家不稀罕咱。

老婆眼一瞪，就凭你的本事还靠不上？你什么大船靠不上？你忘了你说你就是块吸铁石。

王涛瞥老婆一眼说人家是座山，吸铁石顶屁用，上山的道还没找到呢。

老婆更乐了说，儿子说世上本来没有道，走的人多了就有了道。

王涛也乐了说，看不出来你还挺能拽的，对门这条道是个小道，走的人越少越好。

老婆听不明白说，凭你的本事什么道你走不了？王涛说，这条道还真走不了。

一晃小半年过去，王涛按兵不动。801依然上演着"这里的黎明静悄悄"。

王涛是在市政协副主席墨岛开发区主任李军被捕的第二天晚上得到消息的。乍一听，他觉得是谣传。怎么可能？市政协×届×次会议刚刚闭幕，昨晚电视新闻，李军还笑容可掬地坐在政协闭幕式的主席台上，还起身鼓掌齐贺会议圆满成功。可是传消息的人言之凿凿说你不信就上网看看。王涛立马上了网，网上还真是热闹，一行小字扎眼："××市政协副主席李军被抓。"再点，内容为空。

王涛没来由地躁出一身热汗。旋即一笑，这事与自己有什么干系？非亲非故，非朋非友，无宗无派，无冤无仇，不过住个对门，人家还躲着惟恐不及。充其量是自家如意算盘没打成，想舔摸人家没舔摸上。没沾上光，也没惹上祸。罢了。

话虽这么说，从这天起，王涛天天上网跟踪李军的消息。没出几天市面上流传出袁静怡也被停职检查，"双规"了，据说福彩中心也有案中案。另外，李军还有两个情妇的传闻也满市面地风传，连私会的细节都传得有鼻子有眼。王涛对老婆说：这几天别出门，竖起耳朵好好盯着对门，有动静赶紧告诉我。老婆傻呵呵的：找着道了？王涛白刺刺地训：叫你听着你就听着，老娘们儿就是事多。老婆瞪着王涛：我看你犯邪劲了。王涛说这回算你说对了，我就是犯邪劲了，我告诉你还不是一般的邪劲。老婆不想跟他吵：不就是听个动静，我听就是了。一连几天，王涛进门就问，老婆说：什么动静也没有，活棺材呗。问了几次老婆就烦，你真怪了，门都不让出，你让我给它站岗啊。王涛想不能指望这个傻老婆。

到了晚上，王涛趁老婆看韩剧入了迷，拿着透明胶带悄悄出了家门，咳嗽一声，走廊感应灯亮了。王涛蹲在801门前，撕断三节胶带，在门底粘贴上三道：只要有人开门，透明胶带就会被弄开，看一

空　房　｜　155

眼就明白。这招比个笨老婆强多了。每天出门回家，王涛低眉顺眼瞅瞅对门门底的胶带是否有变动，就是陪老婆出门也捎带瞅几眼。

以王涛推测，李军一抓捕，袁静怡一双规，检察院法院定会神速查封801，盘点细软，没收充公。可是，从李军被抓到现在三个月过去，801风平浪静纹丝不动，这说明什么？说明李军袁静怡两口子咬住了牙，说明这处房产隐蔽极深保护极好，不在检察院掌控之中，也不在举报人视线之内。不在掌控之中视线之内说明801是这两口子最后的坚固堡垒。王涛想：这些年，两口子进出801始终趁着夜色悄声遁形，要不是和他们撞个正着，整个小区整个单元又有谁窥见他们的庐山真面目。想了一周遭：王涛判断对门801屋里有货。不是小货，而是大货，大大大的货！！！

王涛这么一想，心跳加速，激动不已。

从此，王涛竖起兔子耳朵，逢李军袁静怡的大事小情秘密打探，精准分析。连老婆也有一天说：哎哎哎，我看你最近改常了，大白天窝在家里，憋蛆？王涛不理老婆的挑衅，眼皮抬都不抬想自己的。王涛真想弄把万能钥匙捅咕开对门，对付一把锁，王涛轻车熟路。关键是想不想开，敢不敢开，而不是会不会开。王涛是个不见兔子不撒鹰的狠角色，不急于下手不等于不下手。

又是半拉年过去，市面上传说李军判了二十年，贪污受贿八百万。袁静怡判了六年，贪污受贿三十六万。两人赃款赃物基本追回。王涛透过熟人证实传言属实。再瞧801静如处子安然无恙。王涛这个心花怒放啊，背地里竖起大拇指：801啊801，端的是条硬汉子女大侠。小弟佩服！王涛认为登门入室时机已到。

一天晚上，月明星稀，王涛对老婆说有个要紧应酬别等他，老婆疑疑惑惑地答应了。王涛在外面吃碗面，泡个脚，桑个拿，磨蹭到半夜两点，悄悄潜回 8 楼。站在 801 门前，套上蓝鞋套，戴上白手套，稳住神，掏出配好的钥匙，从容捅进锁眼，从容扭动几下，防盗门无声地开了。里面的房门也上着锁，王涛仍然从容地扭几下，门也从容地开了。王涛回身小心地关上防盗门和房门。轻笑一下。

屋里黑着，静着。有五分钟王涛站着没动，慢慢环视。月圆之夜，月光从落地窗洒进室内，明暗有度。户型和自家完全一样，只是左右之分，王涛很快适应了黑暗。借着月光看到脚旁有两双拖鞋，一男一女。王涛轻轻脱下耐克鞋，放在一边，拿起那双大的拖鞋套脚上。套的时候王涛发现这双拖鞋是软底的，鞋底是一层厚海绵，穿上不出一点声响。王涛才明白为什么 701 一直蒙在鼓里。王涛轻走两步，真好，连自己都听不见声儿。

三十分钟后，王涛将屋子视察完毕，重新穿上耐克鞋，鞋上依旧套着鞋套，依次关上房门防盗门。又咳嗽一声，走廊感应灯亮了，把电梯重新按回 8 楼，将透明胶带在防盗门底重新粘好。开门，进家。老婆早已睡了。王涛没开灯，从饮水机里倒出一杯凉水，三口喝完，摸黑坐在沙发上，闭眼重温刚才一幕：801 没有装修，水泥地，裸房，屋里基本是空的，只有一组布艺沙发，款式已旧。主卧有两只大号保险柜。

面对两个铁家伙，王涛无计可施。

得想办法捣鼓开这两个大家伙，它们的腔子里肯定全是货。王涛以公司保险柜钥匙弄丢为由头，认识了开锁师傅，又顺理成章地成为挚友。师傅也是个敞快人，一来二去两人的感情急剧升温。王涛是个精细人，三说二卖云山雾罩地就将开保险柜的本事学到手了。

空房

趁着夜晚，王涛又进了801三次，第一次不成功，第二次落败而归，第三次撞了南墙。事不过三。王涛决定暂时罢手总结教训，那些日子王涛天天冥思苦想，都想成思想家了。老婆警觉起来：老头子你不对劲儿，整天夜不归宿都干什么了？王涛狠笑两下：你可真能捅词，夜不归宿？老子夜不归宿还不是养活你这头光会花钱的老母猪。老婆又要耍赖，王涛扔出一沓钱：还不能堵住你的嘴？老婆咻咻咻笑得花枝乱颤，欢天喜地拿钱逛街去了。

王涛调整了思路，夜路走不通决定走明路。就不信它天衣无缝滴水不漏？

第二天一大早，王涛扒窗上眼巴巴目送701一家一踩油门开出小区。返身麻利地打扮齐整，跟老婆说声：走人。出门，关门。开门，进门，一丝不乱进入801，一进801，一屋子阳光扑面，一揽子美景无限，海里卧着的"！"礁石更是触目惊心。王涛忍不住感叹：真是套好房啊，比自家的风景还阔亮几分。

白天的801空空荡荡一览无余。王涛换好拖鞋，戴上手套，避开窗子，目光扫荡了房间的所有墙壁包括天花板，不见破绽。又一寸一寸捏查了旧沙发，连底部都掀起查找，还是两手空空。又检查了上下水道，打开包得严严实实的铸铁管，掏出些塑料袋包着的旧报纸，仍然一无所有。听干房地产的伙计说，有套局长的房子，盖的时候就把两个保险柜镶进墙里，砌砖抹灰隐藏得严严实实。王涛说你小子不仗义，给人秃噜了？那伙计紧着冷笑，你想不想知道房子在哪里？王涛赶紧说我想知道说明我脑子里有肌肉。伙计坏笑：有肌肉总比有尿好。王涛想到这个典故，又蜷起食指仔细敲打可疑墙壁，拍了一周遭，仍没有破绽。

最后，王涛将目光落在墙上挂的暖气片上。客厅有两组，每个卧室、厨房、卫生间各有一组，共九组。王涛记起自家原本也配的这种款式片子，王涛嫌太低档，卸了，卖了废铁，统统换成搪瓷的了。暖气片上落满灰尘，王涛两眼像扫描仪挨个片子里外探视，扫荡。在查看小卫生间的那组片子时，王涛发现这组暖气片的右底部比别处微亮，有摩擦的痕迹，他蹲下，一使劲，不费劲地拧开了，拧下螺丝帽，伸进手一摸，掏出一张小纸条，王涛慢慢伸开，顿时乐不可支。

王涛竟然交了狗屎运，纸条里包着两把钥匙，纸条上画着开保险柜的步骤说明：顺时针转三圈到7，逆时针转五圈到3，钥匙插进转……一目了然。

李大哥袁大姐你们也太笨了。原来每次开保险柜都照腚裁裤子？

在保险柜拨动开启的一瞬间，在听到微弱的"哒"的一声响时，王涛的心跳到舌尖尖上：好，好，别慌，稳住。王涛屏住呼吸慢慢将保险柜门徐徐拉开——

王涛也算是久经商场见过些世面的人了，可是王涛还是两眼四直倒抽一口凉气心中大叫：妈呀！老天！菩萨！上帝！

美元，港币，珠宝，名表，金条，人民币……

阿里巴巴芝麻开门了？基督山伯爵阴魂再现了？王涛强忍住百爪挠心，强咽下一口唾沫，强舒出一口凉气对自己说：行了。别扨挐的没有四两沉。紧跟着另一个保险柜也打开了。再看王涛，已是气定神闲波澜不惊了。这只保险柜塞满人民币，一摞摞捆扎规范，摆放有序像个小银行。真是不看不知道，世界真奇妙。

王涛思前想后，伸手从保险柜里拿出一块劳力士男表和一块劳力士女表掖口袋里，关上铁门，站起来。须臾，蹲下，打开铁门，又拿

空房

出两块金条搁进西服内兜里。又站起来，思虑，又蹲下，又打开铁门，抽出一摞美元，港币。然后果决锁门，退出，粘胶带，回家。

进家，老婆在洗澡。王涛赶紧打开自家保险柜，将所得财物放妥，锁好。一坐进沙发，王涛对自己说，这件事到此罢手。对门就是天塌地陷金山银山聚宝盆，也与自己再无瓜葛。有句老话，贪心不足蛇吞象。见好就收吧，王涛你可别耍这个洋臊，你怎么知道801没埋下眼线？人家爬到这个位子，没有两把刷子能行？你这是虎口拔牙啊！你这是酒驾啊！天下谁不财迷，可别太财迷了。

又一想，事到如今，检察院都蒙混了过去，这是往死里隐藏。恐怕连自家孩子都不想连累，没事。再说进801如履平地，想进想拿还不是一念之间。不行，王涛又批评自己：刚才还说就此罢手，怎么又活泛了，必须克制！再说李军养的两个情妇不会是省油的灯，干柴烈火之时谁知道透没透底。现如今情妇这个职业可是趋之若鹜，上天入地，兴风作浪。王涛后悔没给老婆拿个珠宝首饰，又一想，幸亏没拿，老婆是吃什么果木长大的？给了她还不吆喝得满世界都知道。

王涛的日子恢复原样。其间去趟香港，带回两只劳力士表，男表自己戴，女表向关照自己生意的女长官进贡了。人家推辞，王涛说香港买的，免税。盒子里附上发票。女长官斜睨眼扫一下发票见也不贵，收下了。王涛用的是偷梁换柱之计，发票上的劳力士女表给老婆戴，自己戴的和送的均出自801。王涛打听过，男表二十八万港币，女表二十六万。再见女官员腕上没戴。王涛心下窃喜，断定她打探过这表的实底了。不戴说明她精明。最好。老婆高兴没几天，有一天突然举着王涛的手表质问，你别以为我是大臊子，你戴二十多万的表，弄块两三千的破表糊弄我，我还不戴了。说着撸下手表扔给王涛。王涛没想到老婆眼力还挺刹底。有点佩服地说,再去香港,保准给你买块好表。

不久,王涛给老婆弄块好表,老婆边戴边问,真惊了,你不过日子了?十几万哪。

王涛一郎当脸,不给你买你脾气狼急的,给你买你又惊杆子了,真是坐不住龙墩。

老婆也不恼喜滋滋地问,你真发了大财?

王涛回答,你不信?

老婆又问,你发多大的财?

王涛说,海儿海儿的。

老婆的眼珠子差点要掉出来,海儿海儿是多少?五百万?

王涛说,多。

老婆问,一千万?

王涛还说多。

老婆眨巴着眼,到底多少?

王涛说,就算有五千万你怎么花?

老婆说,先给俺侄子五十万结婚。

王涛说好。

再给俺妈五十万养老。

王涛说好。

再给我五十万零花。

王涛说给你二百五,你往死里花。

老婆一听味不对,挖瞟了王涛一眼,你又耍我大头,哄死人不偿命是不是?

空 房

王涛说你能哄死？你精得跟猴似的。

自从捅开801这个老宝地，王涛脑子里一直有根弦绷着，这根弦是紧迫感和焦灼感拧成的，总担心暗中有人窥视自己。王涛忽然想起有个熟人就在李军服刑的监狱当监区长，瘦瘦的，年轻时玩得很熟，这些年忙着做生意疏于联络了。王涛赶忙请瘦监区长吃饭，通过他实施遥控监控，一有李军的风吹草动王涛就知道。瘦监区长问王涛，和李军有交情？有交情我安排你来探监，这个不难。王涛一笑连说不用，相交不深，人家对我拐弯抹角也算有恩。瘦监区长一笑，不再多问。

最新消息是李军因举报立大功，二十年减到十七年。还说李军心脏病糖尿病高血压疑似癌症，正捣鼓着办保外就医。袁静怡在狱中表现极佳，也减刑两年。

王涛那根心弦紧了又紧。那一阵满世界地飞。老婆说都忘了你长什么模样了。王涛说你替我干，我在家摸麻将。你嫌在家闷昏，去看趟儿子吧。王涛儿子这时已到美国留学。王涛拍拍老婆肩膀，去趟美国开开洋荤，见见世面，长长国际眼光。老婆眉开眼笑，行啊，咱俩一块去。王涛说，我这一摊子事儿谁管？你先去，好好伺候伺候咱儿子，别急着回来。老婆脸一耷拉，我不急着回来，好给你腾地方，你好快活。王涛一顿狗屁呲，都老朽咔哧的了，快活个屁！不知好歹！

找家中介，准备好材料，北京签证，买上机票，老婆屁颠屁颠地飞到大洋彼岸看儿子去了。王涛也过起神龙见首不见尾的日子，行踪越发隐秘。

一段时间里，王涛总感觉暗中有双眼睛窥视自己，开着车，会觉着有一辆车尾随，真停下又不见端倪。饭店吃着饭，会觉得有人斜，真找寻又一切如常，回到家总觉得有人在自家门前候视，猛地打开门，也一无所获。弄得王涛睡觉都提着半个心，连梦也做得多了。王涛做生意也不是没有冤家对头，也被人盯过梢，年轻时也孟浪过，不怵。但这次他觉得来头异常，有些不按常理出牌。

那天接了个电话，电话里一个哑嗓子男人慢悠悠地说：伙计，手下留情啊。

王涛一惊反问：你什么意思？

那人冷笑两声：什么意思你还不明白？

王涛火辣辣地拉高声调：妈了个巴子，你知道老子是吃什么果木长大的？你活腻歪了？

那人也不火，回了句：还不知谁活腻歪了。就挂上电话。再打过去，关机，再打，还是关机。王涛查了那个手机号，身份证是安徽农村。

王涛苦想两日，给监狱的瘦监区长打电话，王涛问最近有什么人常来探李军的监？瘦监区长说来的大都是亲属。王涛说你帮忙查查，近阶段，男的，二十岁到五十岁有没有？那人说好。还有哪天你过来，我有个玩意儿给你耍耍。那人说好。很快信息反馈回来，说探望李军的人不多，一个是李军以前的司机，吴明。一个是李军远房侄子李海力，听李军叫他"海蛎子"。两人各来过两次，王涛猛地记起前些日子在朋友酒桌上有个叫海蛎子的男人，三十郎当岁。当时王涛就觉得此人看自己的眼光阴济济的不是善茬。哑嗓子会是他？

会海蛎子容易，王涛的圈子和海蛎子的圈子互有交集。酒桌上，海蛎子倒是恭敬有加，嗓音尖溜溜的，不像。也是各怀鬼胎，海蛎子想交往王涛，王涛也想交往海蛎子，没几次，称兄道弟了。很快两人

空房

联手做成一笔买卖，海蛎子收益不错，显得感激不尽。王涛声色不动，只说他运气好。再以后又做成两笔。

这期间，王涛把 802 那套海景房卖了。卖给操盘证券的小伙子当了婚房，王涛对老婆说要给儿子办绿卡。只要是儿子的事，老婆那里就一路绿灯。

卖了房，王涛悄悄搬到另一套房子住下。这房子是九年前买的，房产证挂着老婆的名。装修后，又租出去赚了八年租金，以租养贷。买时老婆叽叽歪歪说，买了个兔子不拉屎的地方。如今滨海大道一通，成了黄金地段，门缝里常塞着房屋中介的小广告，一转手卖它三百万还打不住。老婆心服口服，承认自己头发长见识短。王涛想早知道房子升值这么快，当年还费事巴利的做什么生意？赚了钱买它一栋楼，扔那里擎等着升值当房东多受用。看看哪个贪官不是房产证一大把，妞头一大把。

有一天王涛喝醉了，醉醺醺地搂着老婆说，老婆我真发了一笔财。

老婆以为王涛说醉话就说，偷的摸的？

王涛说，别人偷的别人摸的，我又偷的我又摸的。

老婆说，什么乱七八糟的。

王涛说，你就说你怎么办？

老婆说，要是我，我就拿上钱赶紧走人。

王涛说，这钱你知道是谁的？

老婆问，谁的？还真有这事？

王涛说是原来对门 801 的。

老婆扑哧一声笑了，你真是喝大了，801 空房子一套，别胡咧咧了。

王涛说，801是座金山，你个娘们儿知道什么。说完打起了鼾。

老婆觉得这事蹊跷，心事了一宿。

第二天醒来，老婆忙不迭地问王涛，你昨晚上说801是个金山什么意思？

王涛昨晚也是故意露的破绽，此刻也不想再瞒老婆，就简明扼要地说了。

老婆一听脸都吓白了，眼珠子半天不眨一下，大张着嘴，呼呼地直喘气，半天说不出话来。

王涛拥了老婆一把，老婆才回过神来，蹦出一句话：还等什么，赶紧走人，找儿子去。

王涛笑说，不给你大侄子结婚你妈养老钱了？

老婆说，给个屁，一给，就是做广告了。赶紧跑。跑了再说。

王涛一拍大腿，那就跑吧。三十六计走为上计，看来老婆并不膘。老婆这才知道，此时，王涛已经办好全家投资移民。

走前，王涛悄悄来到海边，借明月又一次看到海里卧着的那个礁石"！"心下悚然，深思它意指何处。转过身，仰脸望着黑咕隆咚的801，些许翻腾纠结，些许甜酸苦辣。突然想到一句老话：马无夜草不肥，人无外财不富。王涛在黑影里一抱拳：李大哥袁大姐实在不好意思，这把"夜草"，小弟笑纳了。

又是许多许多时日过去，李军和袁静怡身心疲惫地回到旧地。趁着夜色拖着病体互相搀扶颤颤巍巍地进了801，找出钥匙。屏气凝神哆嗦慌促地打开那两只性命攸关的保险柜——里面已是空空如也。

袁静怡顿时脸色惨白，丹凤眼空落失神。李军只觉得急火攻心眼前一黑,"扑通"一声摔倒在地,不省人事……

楼下701夜半时分猛然听到楼上一声巨响,两口子睡眼惺忪,大惊,旋即又大喜:太好了,801终于有了响动。

两口子忙不迭地穿衣穿鞋出门,朝801奔去——

丰满的一天

须一瓜

一

母亲打来电话的时候,陈幼红正在开早会。上周业绩不好,经理在骂人。她是内勤,不跑业务,所以,经理骂人和她没有关系,但是,这时候,她也不想招惹经理,想等会儿再打给母亲,可是,母亲执拗地说,大事!快出来听!

陈幼红在经理的虎视下,夹着尾巴离席出了会议室。

母亲说,不得了,我刚放下报纸,中央电视台收藏栏目的鉴宝专家来啦!

陈幼红不明白母亲为什么语气这样,但她从小就知道母亲是有主见的人,所以,她哦了一声,心里有点急,想快点听明白进去开会。

你家的那两个古董,还在不在?母亲说。

陈幼红随口又哦了一声,脑海里也出现了那两个盘碗的样子,但她还是反应平淡。这是她和魏一伦结婚蜜月旅行时,在河南北部一个同学家乡的小集镇买的。当时也是买着玩,其实他们两个都不懂收藏,看小集镇人家摆地摊似的,塑料布上放了好多很古意的东西,东西都很便宜。陈幼红就有点大地方人应对小地方人的优越心理,蹲在那里仔细翻看。同学说,这里挖出过不少古墓,说不准就买到个千年宝物呢。所以,她一半是好奇、一半是博弈地要买。魏一伦说不要啦,现在到处都是刁民,刁民这样身段低地摆摊,吃准的就是城里人占小便宜、自以为是的心理。但魏一伦语气婉转,最后说,哪有那么多古董啊,肯定是假的。

陈幼红还是买了。新婚蜜月,丈夫还在随和期,何况陈幼红遗传了母亲很有主见的个性。她狠狠砍了价,从自己的钱包里掏钱就把那两个东西买了。那俩东西一个像碟子,另一个应该是古人的碗了。

之后多年,魏一伦一想起来就调侃那两个宝贝,后来就比较明显地嘲笑。陈幼红有一次翻脸了,说这和你魏一伦无关。再后来,大家就不谈古董的事,慢慢地小两口就淡漠了这件事。随着时光流逝,陈幼红从纤细苗条的新娘子,变成了个倔强而容易心慌的胖子;魏一伦在股市挣过相当一些钱,但又变成了街上非常一般的穷人中的小康。两人偶尔吵吵架,魏一伦脾气不好,尤其是股票不好的时候,但陈幼红很沉静倨傲,魏一伦就渐渐安静下来,就像溪流奔流到了大海,生活慢慢平静下来了。这些年,他们一直没有孩子,查来查去,各负其责,因为医生一致认为是女方输卵管不太通畅,男方的精子活力又弱一些。就这样十多年过去了,当年见证新婚蜜月之蜜的两个宝贝,早就退居到了柜子里的什么角落了,几乎被人遗忘。生活就这样把人们的想象力和激情都打磨掉了。

陈幼红母亲却记得它们。早上读报,一看这鉴宝会的消息她就兴奋起来。报上还说,前一次举办的华东六省鉴宝会,经过本地时,专家就发现当地民间宝藏很多,真品率高达百分之五十九。专家吃惊地评说,这和当地人个性保守有关。

陈幼红心里有点活络起来。

母亲说,上午来不及了!下午还有半天鉴宝会。你赶紧请假!机不可失。我陪你们去!

一开完会,陈幼红就给母亲打了电话回去。母亲正在去"的话"家的路上。所以鉴宝话题和展望,说得也不是很透彻。主要说到了魏一伦要不要去鉴宝的问题。陈幼红的意思是,还不知道真假,干脆不要告诉他。母亲沉吟了很久,最后说,我看还是告诉他。假的,他也没什么想头,万一是真品,难不准很多人惦记,一路有个男人护驾,有安全感吧。

陈幼红没有吭气。这显然是个重要提醒。陈幼红与母亲,从她少女期就呈现出强强相惜又强强相斥的关系。她们一致不大瞧得起陈幼红的父亲,所以,在两个温和强硬的大小女强人相惜相斥中,备感孤独的父亲,在陈幼红结婚不久就辞世走人了。魏一伦就代替陈幼红父亲的观众角色,轮到他经常观看两个胖女人,今天相斥、明天相惜的母女亲情。陈幼红有时候真挚地挽留母亲在书房睡一夜,有时候含蓄而又决绝地让母亲快回自己家。那个"的话",能够和母亲好上,就有陈幼红的努力,也有魏一伦的推波助澜,他觉得岳母还是有自己的依靠,各家都比较安逸。母亲开始并不喜欢"的话",她天生喜欢牙齿整洁、说话利索的男人,唇齿不清、满口官腔的"的话"令她生理上不悦,但是,"的话"是个效益很好的国企的处级干部,虽然退休,有房有车,家境不俗,子女经济条件也不错。

二

陈幼红谎称母亲便血,跟部门经理告假回了家。

魏一伦照例在家,在书房的电脑面前。电脑里面是股市行情,或者股吧讨论区之类。每周他外出两到三次,他同学开的一个不死不活的投资咨询公司,他每周二下午要过去开个会,他有个虚职,叫投资顾问;周四下午几个球友固定要去体育中心打球,羽毛球。

陈幼红提着一份快餐往家赶。

她知道魏一伦在家,但她没有按楼道防盗门门铃,而是咬住快餐袋提耳,自己掏钥匙开门,上了六楼,到自己家门口的时候,她不知不觉就越发轻微地转动钥匙,门悄悄地开了,家里像无人般安静。她有点为自己隐秘无聊的心思害羞,所以,一进去就大声咳嗽,动静很大地把手袋扔在鞋柜顶上。在电脑前面埋头的魏一伦被她的喧哗惊扰,抬头看了她一眼,又埋头继续了。陈幼红走进厨房。厨房里是他吃剩的方便面汤,菜板上都是切碎遗漏的白菜葱段,还有鸡蛋壳。

陈幼红坐在餐桌上吃自己的快餐。本来她都是一去一天的,魏一伦知道她朝九晚五,可是,她进门,他只是看了她一眼,就算是打了招呼。他真是一点好奇心都没有:你怎么突然中午回家了?为什么不叫我多做一份饭?魏一伦都没有问,当然,问了陈幼红也不一定就告诉他下午有个不得了的鉴宝计划。她还要再想想看。夫妻不过同林鸟,反正他也不相信那两个破碗。

丰满的一天 | 171

陈幼红看了时间,她大约能在家里待四十分钟。她和母亲约好,在鉴宝大会的新时代广场花圃大钟那里见面。买快餐的时候,她特意买了报纸,母亲所报的内容,她又仔细看了几遍。现在又边吃边看。在专家眼里,他们当地好像还真是未经开发的处女地,无论是收藏之心,还是收藏现状,似乎都很混沌。民间藏龙卧虎,到处是被忽略的、漫不经心的宝藏。这个推断,让陈幼红想象力飞驰起来。她想,说不定她的宝贝一亮相,专家眼睛都直了。他们围过来、愣怔唏嘘、难以置信、痛苦叹息而又爱不释手。想到这,陈幼红莞尔。

魏一伦已经路过她,进了卫生间。听动静在洗头。他总是这样,一出门,必定洗头。果然,他出来拿着干毛巾在镜子前大擦湿发。陈幼红说,要出去?

外地有个同学来,准备陪他转转。魏一伦说。

女同学你就去吧,男同学就别去了。她说。

魏一伦没有解释说男女,而是说,怎么啦,下午有事?你今天突然回来了。

陈幼红有点淡淡不快:他现在才关心啊,如果真是稀世珍宝,和这种男人分享有意思吗?她说,你要不要跟我去?要陪同学你就别去。

你什么事啊?

当然有事。你陪我还是陪同学?

到底什么事?我和人家约好了。

那你就别跟我去。我的事和你没关系就对了!没事的。你去吧。

哎呀,我和人家约在先不是,你现在才说有事。

所以你去啊!我又没有反对你去!我随口说的。

魏一伦使劲擦头发。他随后去了卧室，自己在衣柜里找衣服。陈幼红把快餐盒扔进垃圾桶，就看见魏一伦已经衣冠整齐地出来。魏一伦不胖，一直保持运动，看起来还很年轻。多年前，他曾经建议陈幼红减肥，但是，陈幼红三天打鱼两天晒网，最后干脆放弃。这个模式就像他们的睡觉方式，陈幼红以前喜欢握着魏一伦的小鸡鸡入睡，后来，就渐渐地三天打鱼两天晒网起来，再后来，就全面放弃了，再后来，就分床睡了。

魏一伦在找手机的时候没话找话地说，你今天跑回家到底什么事啊？要不你叫你妈陪你去嘛。

就是我妈要你去的，我是无所谓。陈幼红脱口而出。说完了她有点莫名的后悔。她现在完全清楚自己的心思了，她根本不想让魏一伦参加什么鉴宝，很清楚，这个宝贝是她个人的。离婚这两个碗也是归她的。

魏一伦果然停止了寻找动作，说，你又要去疏通输卵管？

陈幼红做了个呸的表情。魏一伦困惑地走了过来，说，算了，我已经打定主意，我们不生了。别遭那个罪了！魏一伦说得其实很轻淡，陈幼红还是有了点触动感。她说，我要把那两个碗碟拿去鉴宝。

魏一伦显然没有明白，他的记忆里已经没有那个蜜月旅行所购的所谓古董了。陈幼红站起来，把报纸推给他看，自己到卧室大柜子里翻。魏一伦拿着报纸跟了进来，等看到陈幼红掏出破黄报纸里包的破碗，他轻蔑地大笑起来。

她不动声色地让他笑完。魏一伦知道陈幼红和她母亲一样，越平静表示事情越重大。所以，他把报纸拿起来看看，无非是礼貌，他的心已经出门了。要见的是个网友，当然是女性。他觉得自己也没有什

丰满的一天 173

么暧昧的东西，那个女人听起来有不少闲钱，很崇拜他，想寻找一些好的理财建议。女的在岛外，说做完一个美容项目后想约他一起喝喝咖啡，谈谈股票。听声音，还是挺好听的，不过，上次有个类似的交友，却遇上了一个年纪起码大他半轮的女人，虽然有钱，可是，很烦心。声音甜美年轻是有欺骗性的。相反，有个嗓音粗哑的女人，和他下网聊天见面时，却给了他大惊喜。美貌随性，喜欢爱抚，叫床尤其放肆动听。只是，在魏一伦连续推荐的股票都不怎么样后，那个嗓音粗哑的女人就隐身了。

等魏一伦看完报纸，陈幼红说，你忙你就别去了。我无所谓。是我妈担心它们万一价值连城，说有个保安总好。

魏一伦的心，隐隐活络起来。他第一次对那两个旧碗，有了一点期待。

他找到手机，跟女网友发短信说，临时有个重要的投资洽谈，恐怕抽不出身。

三

陈幼红心里也并不十分愿意母亲掺和进来，但是，这事是她发现、热心促成的，她要参加，也是理所当然的。可是，她居然迟到了。

陈幼红在新时代大厦前焦躁地来回踱步。

"的话"有个小别克，自己也会开，第一次约会就用小别克载了她母亲去超市买大米。可是，母亲和"的话"有点意思的时候，那个小别克就经常被他在本地读大学的外甥开走了。气得母亲问，这车是你自己买的吗？"的话"说，如果不是我的车的话，那小子的话会有车开吗？今天，母亲照样指望不上别克代步。她原想建议魏一伦早点出门，拐到新村来接她，可是，陈幼红想起"的话"的车子越来越有名无实，有些不高兴，觉得母亲被轻慢了，就偏要看雪上加霜的效果。她说，我从公司赶回家，煮煮吃吃完了怕是时间很紧。母亲立刻说，没关系没关系，我这有直达公交，你们在大厦前面的花圃大钟那里等我好了。两点半！

其实陈幼红和魏一伦也迟到了。路上一个小刮擦，两个司机当街理论半天，把整条路搞得像便秘。陈幼红和魏一伦到的时候，已经是过点了，他们以为母亲会在那里焦急等待，结果却空无一人，大花圃上的钟已经是两点三十七了，其实已经是两点四十一。陈幼红觉得母亲不该迟到，她做事一贯是安稳有序的。打她手机，却没有人接。她猜她在公交车上，她的耳朵一贯不太好。陈幼红踟蹰着。一直无人接听，虽然心里也知道她不会有什么意外，盘算先进去，可是，魏一伦说，我们先进去，她肯定快到了。陈幼红又不干了，说，不要。除非电话通了。言下之意，就是怕母亲有什么意外。魏一伦感到了她不动声色的谴责，便袖着胳膊，在花圃大钟的另一头来回走着。

大约在三点十分的时候，她母亲远远地赶来了。她像个大胖发糕，沉重而虚晃地跑过新时代广场大门。等她气喘吁吁地跑近，其实已经没有速度了，但是，她的身形还是做出了奔跑的动作，沉重而抖动，见到他们几乎喘不出话，一个劲地挥手，表示快进场。

陈幼红说，迟就迟了。怎么电话不接也不打一个呢。

母亲说，特意要充饱电，没想到走得急，偏偏忘了拔下。赶紧赶紧,十九楼!

四

因为迟到太多,沿途引路岗都撤了,三个人摸来摸去到了鉴宝大会门口,却被两个靛蓝色西服的先生礼貌挡住,要鉴定通票。说没有票请到左手拐弯的第一个办公室去买。魏一伦说他去买,回来就脸色不开朗,原来一张鉴定通票居然要一百。这鉴宝的边还没有挨到,就去了三百块。三个人都心照不宣地脸色有点不开朗。不过进去就好了。一屋子里气场强烈,充满暴富的隐喻。无数的梦想的翅膀在诡秘地飞旋。

里面一个可容五十人的会议室里,乌烟瘴气,居然都是怀揣宝贝的人。通票上有号,叫到了才能进到里面一个自动玻璃门后面的房间,里面的灯光似乎特别明亮清爽,好像能让所有的宝藏现形。偶尔有穿浅蓝色工作大褂的人严肃进出,不知道在忙什么。恍惚间,一屋子好像是医院里等候专家看病的人。

陈幼红和母亲在一棵系红带的发财树旁的角落坐下,她们身边有两个男人在讨论一对豁口陶质破烛台。魏一伦没有位置,他就在等候屋里走动。看有个角落几个人在品赏什么,很热烈,就踱了过去。一个穿白色唐装的清瘦长者,在仔细看一个旧瓶子。一位老太太期待地看着他。清瘦长者轻微地叹了一口气,说,漳州窑白釉筒瓶。明代的。

老太太急问,值多少?

清瘦长者说，估计在百万。长者指着老太太包裹宝贝的报纸和提来的塑料袋说，你看这条裂缝，太可惜了！不能这样对待它，这样随便的包裹，怎么还敢挤公交还转两三次车？清瘦长者发自内心地摇头痛惜。老太太很惶恐。

有人问，如果没有这个裂缝，那它值多少？

老者看了发问者一眼，似乎懒得回答，与此同时，有个干瘦男人怯怯地问，周老师，您可不可以帮我看看这面古镜，要是……

清瘦老者说，古镜我不是太熟悉，看是可以看一看，你不用当真。

干瘦男人从一个黑色大书包里，小心抱出了一面童毯包裹的、有很多绿锈的铜镜。老者一看，想说什么欲言又止。随后又拿出放大镜，看了几个细节。大家都声屏气敛。魏一伦发现，岳母不知什么时候也过来了，手里拿着一纸杯的水。发财树那边，只有陈幼红一个人挼着有宝贝的仿麂皮手袋平静地坐着。

干瘦的男人体贴而巴结地笑着，说，周老师，您直说，没有关系的。我只是爱好，并不指望它发财的。

清瘦老人笑笑，说，我说过，我只是对各代陶瓷有点造诣，所以那方面把握性大一点。你这个古铜镜吧，我看是魏晋时代的，品相虽然差一些，但我估计价值在三十万元以上。不过，还是要到里面让真正的专家看了才算数。我是说着玩的。呵呵，大家不必认真不必当真啊。

清瘦老者随意翻转着铜镜，说，这几年，古铜镜价格倒是翻番了。我有个朋友弄到一面从德国回流的西汉铜镜，竟然身价到了三百多万。想想大跃进的时候，多少行家到废品回收站和炼钢厂去捡宝，

丰满的一天

什么铜镜、铜香炉、铜烛台等,最多的是铜钱,数也数不清,知道吗,我认识的一个人,从那里捡了一百多面从战国到唐宋的铜镜回来。

人群中唏嘘感慨声如潮水拍岸。更多的人围过来了。

清瘦老人站起来想走开了,陈幼红的母亲笑吟吟地说,老先生,可不可以劳驾你也帮我们看看?有个小伙子抢说,周老师,你刚答应要看看我这个烛台的!清瘦老先生无奈地看了陈幼红母亲一眼。

等清瘦老者终于移步到发财树这一角时,陈幼红已经对他充满期待了。因为母亲不断把最新鉴宝情况通报给她,有这么一个对各个朝代瓷器都如数家珍的老人,母亲和陈幼红的崇拜之情油然而生,不由浮想联翩。魏一伦的兴致也高涨起来,眼中的热切不亚于岳母。在很多人争抢清瘦长者时,他用坚定有力的身姿,把老者迎请到守着座位的陈幼红跟前。

陈幼红把报纸包住的两块破烂掏出,正在解开时,清瘦老者眉头皱了起来,说,怎么能够把两件瓷器叠在一起呢?互相碰撞会刮坏的。

全家人惶然惭愧。母亲和陈幼红急忙把两块宝贝分开,清瘦老者拿起一块,说,古越窑的。老者眼神自信,你看,这外面的褐色是沁进去的脏东西,里面的青绿色才是碗的本色。这个色泽,就是很难得的秘色瓷。

一个旁观的男人小声惊异:秘色瓷?!不会吧?胎质不白呢。

母亲和陈幼红目光温柔地轮番看着老者和那个惊异表现者,只有母女俩自己知道,这温柔文雅的目光里,暗含着多少警惕和精明的疑虑。

老者不回答,他在专注地看那只碗,兀自微微摇头。魏一伦假装内行地说,周老师,你确定它真的是秘色瓷?这是我十几年前在河南乡下买的。

陈幼红说,那里被人盗挖过好多古墓……

老者谁都不看,微微点着头,说,秘色瓷以前一直是个传说,直到后来打开法门寺地宫,人们才终于解开了秘色瓷的秘密。

陈幼红和母亲温和淡定地微笑着,胖胖的大方脸上,是赞许的意思。只是她们一式绞握手掌的镇定方式,泄露了她们共同的激动。母亲不时看着陈幼红,想交流一下沉着的兴奋,但陈幼红不看她,也不看魏一伦。她只是认真地看着周老师。

清瘦老者的食指,很怜惜地轻轻划过那个碗的两个大小不一的缺口,他说,秘色越器是唐代创烧的,它的釉含铁量在百分之零点七左右,正是秘色越器的创烧成功,才使越州的越窑成为唐代的一座名窑。其实真正的秘色越器瓷也只是烧造了一批就停止了。如果,这个能通过里面专家的最后鉴定,那价格……我实在不敢随便估量……

人群里有个男声低语:秘色瓷起码值两百万……

清瘦老者不语。这种庄重的神态,让陈幼红一家人立刻感到那个男人的估价的轻浮。显然,他们家这块秘色瓷,价格远在两百万之上。清瘦老人轻轻打开了另一只碗的包裹报纸。

他怔住了,两眼放光:

——哥窑!这是哥窑瓷啊!

一直很矜持淡定的周老师,居然出现了不能自持的亢奋表情,这个失态的眼神虽然稍纵即逝,但几近贪婪,陈幼红夫妇及母亲全身过电一般,忍不住互相看了一眼,那一时刻,简直千钧一发。魏一伦也

丰满的一天 | 179

不装了，连忙不耻下问：什么叫哥窑？

老人仔细看着那个像碟子的碗，说，如果你这是宋代哥窑，至少价值千万。至少！即使是明清仿制的，也值不少钱。老者又在微微摇头，他的手指摸遍了那只碗的每一毫米的地方，他甚至闻嗅了一下，这个莫名其妙的动作，连外行都破译出他实在爱不释手。

魏一伦没有注意到，家里的两个女人的双颧在微微发红，陈幼红在给清瘦长者递纸杯的时候，居然被魏一伦碰翻了，他正在给老人递烟。水打湿了两个宝贝，报纸全部湿了。周老师的前襟也溅上了水花，陈幼红连忙掏出纸巾，要帮他擦。母亲敏捷地把碗捧护在胸口。

魏一伦说，那个秘色瓷，是不是就是绝版了？后人再也烧不出了吗？

清瘦老者想离去，魏一伦急忙递上名片，说自己是搞金融投资的，但隔行如隔山，敢问老者什么时候方便，一起坐坐？老人客气地说，自己闲居在家，没什么名片，听说这里有鉴宝盛会，特意从外地过来开开眼界的。讨教就不敢当了。老人又要离去，旁人也在急切拉他。清瘦老者顺势站起来。这时，鉴定里间门口，一个黑西装的工作人员出来了，他使劲拍了下巴掌，全场顿时肃静。

对不起，我们很抱歉地通知大家，今天下午的鉴宝时间结束了。领了鉴宝通票尚未完成鉴宝的人，可以选择退票，也可以等明天上午再来。主办方决定延期半天。如果大家都不再需要，那么，今天，现在，本次鉴宝盛会就此落幕了。谢谢大家参与！

有一个声音说，我不退票！

魏一伦喊，明天几点开始？

五

会议室的人开始散乱了。魏一伦立刻把两个碗包起,放进陈幼红手袋,随即不由分说,把仿麂皮手袋横挂在自己胸前,然后,警觉异常地环视众人。两个女人一下就认识到,魏一伦的反应是恰当的,这些人可不比街上盲流,全部都是开了眼界的识货人,甚至那个清瘦老人,他最后看到哥窑瓷时,眼睛放光的那个贪婪劲,回想起来都令人不寒而栗,令人后怕。这个世道,能帮你的,只有你自己,可信任的,只有你自己,不是吗?

陈幼红和母亲,自动分布在魏一伦两侧,形成护翼。

三人小心翼翼地撤出人群。进了车就比较安全了,但母亲还是环顾四周,看有没有追兵,幼红和魏一伦也不由在车里大睁眼睛,严谨扫视路面各类可能伪装的闲杂人员。

我们分两路走吧。魏一伦说,这样目标比较分散。妈你打的走。

傍晚了,陈幼红本来还是想送母亲回家,但是,魏一伦镇定果决的语气,让她们一下就强烈感到坐拥价值连城宝贝的沉重。母亲深明大义地点头。幼红要给母亲打的费,母亲一贯是悭吝打的的,但现在,母亲坚决拒绝。

魏一伦和陈幼红慢慢驶离新时代大厦。这辆超期服役的二手的宝马,除了车标,已经没有几个地方还像宝马,但魏一伦实在没有力量再买新车,而一个投资顾问,你总不能买十来万的薪水阶层的车自毁形象吧。

老宝马似乎载不动这两块连城之宝,老熄火。等红灯停车,从停车挡就扳不回 D 挡,搞得很多车在后面鸣笛抗议。待了一会,又可以扳回来了,继续开。一路这么磕磕巴巴地开。魏一伦说,我们还是换个车吧,那种 7 系宝马,也就八十多万。

也就?陈幼红微笑,看你那口气,就像也就八十多块钱的意思。

现在,八十万在我眼里,确实和八十块差距不大了。我们是上千万资产的人。魏一伦迷人而自信地微笑。

幼红撇了个嘴角,她想表达对魏一伦的不屑,她记着他十几年前对她购买古董时的反对表情,记着他对它们一贯的嘲笑和淡漠。她觉得他几乎没有资格用"我们我们的"口气来谈她的两个宝贝。正如,之前,母亲迟到后,张开闭口说"我家宝贝""我家宝贝"的口气,这些,对陈幼红都构成了微妙的侵略。说起来,这两个碗的钱,都是她个人出的啊,这和别人有什么关系?

不过,陈幼红心情非常恬适,非常非常恬适。她总想微笑,而且,久违的魏一伦的笑脸和健谈,平心而论,还是有些男人魅力的。他们在汽车里,在磕磕巴巴的汽车里,谈笑风生,带着一点点羞涩。生活,品质一般的生活,打磨销蚀了多少人的温存爱意,今天却意外泛起和美的涟漪。

黄润西不行了,魏一伦说,他期货做砸了,很惨。就剩下一辆发财时留下的奔六。现在还开着,还是要维持那个有钱架势啊。夏天的时候,一个熟人的孩子顺道搭他的车,三十多度的大热天,没舍得开空调。里面热得跟桑拿房似的。润西自己也一头猛汗,前胸后背都湿了。孩子不好意思要求开空调,自己就伸手开窗。别别!润西大叫,赶紧把窗关上!说,哪有开奔驰的人,大热天开窗开车啊!别让人笑话！孩子热得实在受不了，呜咽着说，黄叔叔，我先下去吧……

幼红笑，魏一伦也笑，腾出一只手哥们一样拍着副驾座幼红胖胖的肩。

幼红啊，我们的新生活就要开始了。我们要好好规划一下。魏一伦说。

魏一伦的笑声里有种真诚惜福的感慨，有感染力，他的动作也是大方温暖。以前，在多年以前，他们是有这些亲密举动的，后来，就被生活简约掉了，甚至正常交流也没有了。比如，刚才这个令人捧腹的假富人故事。黄润西幼红认识啊，可是，魏一伦已经不会再回家说友人逸事了。如果不是今天，两块瑰宝像强心针扎进生活，他们是绝不可能这样谈笑风生地唠嗑这些甜蜜废话的。他们俩在一个屋子里吃吃睡睡，也真是没什么话想说了。一想到这，陈幼红又有点被人侵略的感觉。做人真没意思啊。陈幼红心里这样闪念着，但依然是春风满面。她心底确实是快乐的，她暗暗检讨了自己后来也懒得和魏一伦多说什么，单位里匪夷所思的事啦，好笑的八卦了，都懒得说了。彼此不过吃喝拉撒简单征询，奋力生小孩的七八年前那段，有过杀鸡取蛋似的疯狂性事，结果，彼此彻底倒了胃口。不亲、不近、不谈、不性、不即、不离。他们也不知道自己需要什么。现在，两块宝贝要现真身了，就像卤水点豆腐一样，他们突然被激活了。生活性状要彻底改变了。

六

超期服役的二手宝马,似乎在寻找自己的接班人,在汽车城附近,它不明不白地再次熄火。魏一伦笑道,我看,我们就直接进去开了730出来好了。陈幼红深沉地抿了下嘴角,似笑非笑。魏一伦密切注意她的反应,立刻说,我们要开始习惯以百万为单位思考生活数据了。嘿嘿。

陈幼红还是抿了抿嘴角。她其实内心轻盈,美好的遐想已经在云蒸霞蔚。但是,她天性能节制情感,她一贯是缜密稳妥之人,再说,万一两块古董最后一钱不值呢?当然,现在这个可能性微乎其微,简直像个无力的笑话,退一万步说,一件是假货,至少还有一件价值连城,这是跑不了的。可是,她遗传了母亲为人处世留后路的习性,永远不会得意忘形,另外,她对魏一伦张口闭口"我们"、"我们"的用语,敏感而反感。这东西,溯本求源,是我的,是我陈幼红个人的,是我用自己口袋里的钱,在他人的反对下执意买下的,不是什么"我们的"。魏一伦有意模糊所属强化共有,实在令人隐隐不快。凭什么他可以大大咧咧地说"我们要开始习惯以百万为单位思考生活数据了"?如果当初,是他执意要买,并从他钱包里掏钱,这个"我们"才能够成立。

但是,陈幼红一再感到另一种舒适甜润。这是夫妻之间的感觉。这个行将就木的夫妻之情,忽然像冬日的蜡梅,毫无绿意的过渡,就爆出了绚丽的生机。魏一伦的魅力,真是久违了,他也像枯木逢春,机智温存，妙语连珠，生机勃发。虽然这归程一路熄火，车后喷有烦言，但没有影响他的情绪，他不时摇下车窗，宽厚幽默地说抱歉，自嘲人穷车破路挤。

商业中心灯红酒绿，华灯初上已是奢侈激越。定力过人的陈幼红也难免走神，经过磐基酒店的名品专卖玻璃幕墙时，内心里像美人鱼一样沉睡的愿望苏醒了一个：我多么想要一个LV的包啊。那些业务员，来行政办这里领提成的时候，要么讨论着名品，要么肩上挎的、手上戴着、脚上蹬的，爱马仕、卡地亚、雅丝兰黛，上上下下都是让潮人们向往的奢侈大牌。陈幼红一贯衣着得体，但能感到大牌业务员投资性地夸奖，她们无非想一团和气手续顺利点罢了。陈幼红心里是不服名牌的气的，有什么呢，凭什么那么贵，她们用了，也未必漂亮。现在，当她和自己价值连城的千万宝贝，在人流车流里穿行时，她猛然醒悟，那些触手可得的大牌，那些遥远缥缈的奢侈，其实一直蛰伏在她生命的冬季，比如，LV那个大包，那个不变的稳重图案，和她自信沉静的气质，再天然协调也不过了。现在，春风吹皱了心田春水。

我喜欢LV的大包。她脱口而出。

买呀！魏一伦说。

你送我啊。

没问题！

一万四呢。

便宜！我们买！

你送我啊？

等估好价，就给你买！第一件事就给你买包！

是你送我的吗？

是呀！

是用你自己的钱给我买？

咳，我的钱，不就是你的钱吗？魏一伦笑，我的什么，都是你的！

我就要你——自己的钱——给我买！

行啊，没问题！

陈幼红几次要脱口：我的不是你的！但是，她忍住了。她到底抵抗不了魏一伦的温暖喜悦，抵抗不了他久违的、生机勃勃的美妙。她简直有点困惑自己的变化。

二手破宝马终于把他们送到了家。这期间，母亲已经来过三个电话，关于今晚古董安防问题、关于明日出行安全、关于未来资金规划。陈幼红看出母亲小题大做的深层心思，有点不悦，故意轻描淡写说，拉倒吧，没那么严重，到时没准就是两个破碗！屁也不是。你省省啦！我看就是两个破碗。

母亲无语。之后说，也是。早点睡吧。

魏一伦说，你妈那个财迷，今晚该睡不着觉了。对了！让她别跟"的话"说！

废话，她是什么人！再说这跟"的话"有什么关系！

魏一伦笑：虽然她精明，但女人说不准，交代一下总好。陈幼红其实也不踏实，便打母亲电话，她老占线。可能电话没放好。她说。魏一伦说，是太激动了，嘿嘿。魏一伦又说，没准，也可能正跟"的话"汇报呢。

陈幼红狠狠白了魏一伦一眼。

自从母亲和"的话"有点意思以来,"的话"的三个女儿,看幼红母亲就像看横空里杀出的剪径抢匪,没一个人给母亲正常脸色,不是伪善礼貌的虚假客气,就是明显的冷淡或公然的猜疑,有个女儿甚至借别人家一个黄昏恋争夺财产的故事,说,还是咱爸省心,咱爸的财产可都给了三个外孙了!他自己什么也不留。另一个女儿就接腔,咱爸要的是真感情。图钱的女人门儿都没有。最后一个女儿说,真是,人家也未必都是图老爸的钱来的。

母亲把这些对话,转给陈幼红听的时候,陈幼红很生气,说,那你怎么说。母亲说,我能说什么?我又没有和他明确关系!陈幼红说,那"的话"怎么说?母亲说,他傻笑——天知道真傻还是假傻。

我就不明白你为什么一定要跟他?

谁说我一定要跟他?母亲说,现在还不是跳舞练剑唱唱歌?

七

魏一伦今天的脾气特别温存典雅。

车子拐进他们小区要经过一段正在翻新的水泥路,比较狭小,人挤车、车挤人地通过不容易。虽然这会儿下班的高峰期已经趋缓,人不多,但魏一伦前面两个老人在慢慢走,一个挂着四脚拐杖,拖着一条腿移步,另外一个也许是老伴,也许是老保姆,搀扶着他。魏一伦的车慢慢地跟着他们,没有按喇叭要他们让道,这么的居然走了十来米,两个又聋又慢的老人,显然没意识身后一辆汽车跟着他们慢慢移动,陈幼红焦急之后忽然感动。魏一伦基本是个车怒族,有一次,陈幼红母亲搭他们的车，事后说，七公里的路，他按了十二次喇叭，两次摇下窗，挥拳痛斥和威胁路人或其他司机，还在车里说了四次我操。母亲这么说，是佐证陈幼红控诉他是个急暴性子，母亲笑着说，陈幼红听了也忍不住笑，立刻想起来魏一伦开车还摇窗啐过他车唾沫的丑事。母亲笑道，人说开车最见真性情。挑女婿挑媳妇，你跟他或她跑一天车，什么德性，一清二楚。

如果母亲今天跟车，就会发现她的女婿其实蛮有绅士情怀的。比如，现在。

等老人移行的当儿，陈幼红困乏地打了个哈欠，魏一伦扭脸，就在陈幼红的嘴巴不可遏制地张到最圆最大之际，魏一伦的食指，直指她的嘴巴正中心而来，看上去就要直捅喉咙。陈幼红笑了，但还是有些紧张。这是热恋新婚时玩的游戏，第一次魏一伦剑指她哈欠时无法闭关的嘴巴时，她吃惊得无以复加，以为手指要入侵，致使哈欠匆忙潦草。但很快明白不过是惊险游戏，两人一起大笑。之后，无论谁打哈欠，另外一个一定赶将过来，剑指十环。那个动作总是带来两个人的无限开怀。

老人蓦然回首，终于发现后面汽车在陪他们移行多时，赶紧让道，同时点头致歉。魏一伦和他们挥手甜蜜道别。陈幼红却在想刚才历险的呵欠，不知不觉，他们至少七八年没有玩这个游戏了。原来婚姻生活的无趣化，是不能回头检视的。

这个夜晚，说不出的甜润，宽广。

尽管表面上看，和近几年来他俩彼此相对的常态差不多，他们依然话不多，但是，他们都感受到了对方脸上的宁馨，感受到内心的轻盈，双方似乎都在力图镇定淡泊，表现出了对天大的惊喜越来越淡

188

定。这期间，魏一伦轻描淡写地提醒，喂，给你妈去个电话吧。

陈幼红出于对母亲智力的充分信任，直到厨房收拾好才打。这个电话，让她不舒服，母亲居然真的跟"的话"说了他们家的惊天新闻。

陈幼红说，妈，你这是怎么想的？不是八字没一撇的事吗？

母亲做了分辩，一是"的话"主动打电话的；二是，她本来压根也不愿说这事，主要是被"的话"二女儿气的。母亲说，我要图钱，找比他父亲大的官，别人也介绍过的。反正，我和那老头成不成，我都必须告诉她，不要狗眼看人低，我们是有千万财产的人，睁开你们的势利眼，看看清楚！

你跟他怎么说的——我这事。陈幼红问。

也没怎么说。就说我们参加鉴宝会了。那里，成百万上千万的东西，多得是！

你说我的两个破碗了？

说了。我就要让他们一家眼红！我们不是穷光蛋！

妈，我这碗可能一钱不值。万一真值点钱，我什么人也不想说。我不要人眼红，也不要人羡慕。我只想一个人安安静静地过日子，我不要打扰。

母亲听出了女儿的批评，也听出了女儿从来不说"我们"，而是说"我"。电话因此静了音。陈幼红想挂电话，到底不敢。母亲说，"的话"说，他和我结婚，最好还是先住我这边，省得他女儿们以为我真要谋他的三房两厅！那个嘴最尖的老二，更是狗眼看人低，说什么我的退休金不过比最低保障线多了二百五……

陈幼红听了非常恼怒，但她此刻不想声援母亲。等估价出来，那个时候,生活任何方面的主控权都在她手上,那个糟老头子母亲不嫌弃他,是他的造化,那几个精明势利的女儿更不过大便三堆,走着瞧吧。走着瞧。

陈幼红说,妈你明天还要去吗?

母亲显然已经感受到女儿微妙的语气,她审慎而委屈地迟疑着。陈幼红意识到自己的残忍,笑着说,你不累就再陪我们去好啦。

母亲释然:累什么,自家人,你需要我就去。这节骨眼上,自己家人才是最可靠的!

魏一伦在网上紧急恶补古董知识,关于秘色瓷,关于青瓷、哥窑。他手里拿着放大镜,不断用新知识来观察当年蜜月所购的地摊货。因为心里已经被清瘦老者打了底,所以,他现在是越看越狂喜,越对照越亢奋。最后他宣布,这两块宝贝,保守估计,价值两千五百万!老婆啊老婆,你真是仙女下凡啊!这样的慧眼,完全是天生无智师啊!和你的智慧相比,我们这些学问、经验满肚子的投资理财顾问,简直就是行尸走肉。我惭愧呢,老婆,谢谢,我们家多亏了你啊!你是我们魏家的神仙!

陈幼红仁慈而又鄙夷地接受了这个甜腻的马屁。

傍晚起的大风,阵阵点击卧室拉窗。大好生活里,月色喜人。

浴室里,陈幼红喊,一伦帮我去晒台收个浴巾!

魏一伦拿了浴巾,敲门,陈幼红伸手,却拿不到浴巾,伸出半个脑袋一看,魏一伦像天使一样张开翅膀,浴巾在他怀抱前铺展。魏一伦笑,说,进来。我的城堡。

陈幼红居然有点羞涩,魏一伦上前一步包起妻子,一个深呼吸,把肥胖的妻子抱起,直接进了卧室。很久都没有练习了,彼此的身体有点认生。但好在他们的心已经宽广辽阔如月色、包容下万水千山。

缱绻完毕,各自睡去。睡意蒙眬间,魏一伦咕哝,我就知道你妈要去炫富。

陈幼红听了不悦,但翻身不睬。

魏一伦咕哝,她比我们还激动。真是。

陈幼红说,你比我还激动。

八

一大早,母亲打来电话,说,小魏车况不好,万一半道抛锚了,可是不得了,预防万一,不如让"的话"接送好了。

陈幼红断然拒绝。

魏一伦说,大不了我让黄润西的奔驰给我用。只是,魏一伦看了看钟说,恐怕时间有点紧了——要不我叫他开过来好啦。我们换车!

神经病啊,陈幼红说,你要全天下人都知道你家有两千万吗!什么事。

魏一伦笑,说,行,行,听你安排!

陈幼红说,看人家中彩票的,才五百万就戴口罩、眼镜什么的,听说还有人戴防毒面具去领钱……我现在就理解他们了,我要那么多人注意干什么,又不是坐地分赃、见者有份。

那还是开我的车吗?魏一伦说。

陈幼红说,低调自然一点好啦。我们开你的车去。等鉴定结果一出来,你先护送我妈和我进的士,然后,你的车随后好了。

丰满的一天 | 191

魏一伦说，我这车磕磕巴巴的，真有人打劫你们，我还救不了你们呢。干脆我们一起打的来回好了，不不不，我们直接送银行保管箱。那才安全稳妥。存了东西从银行回来，我们就直接去汽车城挑辆新宝马，你也该去学车了……

学车？现在？我们单位正要洗牌清人呢！

嗨，真是我的傻婆娘！你搞清楚啊，现在，不是你的老板要不要炒你鱿鱼，而是你——陈幼红——想不想炒你老板鱿鱼！懂吗，你的生活已经天翻地覆慨而慷，今非昔比啦！你已经达到了人生新境界，这个新境界就是，你可以对任何人拍桌子！你有最大的尊严！

陈幼红忍不住笑起来。

这时，电话响了。陌生号码，一接听，居然是母亲的男朋友。从来没有通过电话的人，这个来电让陈幼红意外又别扭。

哎，小陈，我的话还是不放心啊，这事，不稳妥的话，还是危险的。所以，还是慎重点，因为几千万的话，不是几万啊。我的话，还是亲自来一趟吧。本来我的话，是要去打桥牌的，节骨眼嘛，最信任的人不帮的话，不安心的……

陈幼红冲着魏一伦，把自己肥胖的脸，扭得像天津大麻花。

不要跟伯伯客气，见外的话不好。我的话知道你们的车坏了，所以，心里急。现在的世道，人心的话都跟疯狗似的，我的话还是亲自接送你们……

陈幼红五官端正地说，张伯伯，我们已经在路上了。谢谢你了。

那，我和你妈来接你们回来！人多的话好办事，我们小区，上个月一个买早餐的，就被人抢了，她走在……

陈幼红挂了电话。挂了电话，陈幼红眯缝着眼睛，鄙夷地微笑。

电话又响了,她把电话扔给魏一伦,魏一伦说,我懒得。

陈幼红也不接。电话就在沙发上响着。两人各自进行出门前的准备工作。

电话终于无趣地停了。不一会又响了起来,还是那个陌生电话号码。魏一伦说,我们打的去,你跟你妈说,她可别又去告诉那糟老头子。我看你妈干脆也别去了。

陈幼红觉得也是。但沉吟着,她怕母亲有想法。电话还在顽强地响。陈幼红用沙发靠枕压住,自己拿了魏一伦的手机,打妈妈电话。妈妈很快接了,一接就撇清责任地大声说,我可没有邀他去,是他自己坚决要去的!哼,以前要用他一个车,不是说大外孙在用,就是老三去购物,不然就是小外孙已经偷偷开走,什么时候这么积极主动啊。他爱表现你就让他去吧!我们省停车费、省油!

我神经病啊!陈幼红说。

我就知道他自讨没趣,活该。母亲说。

好了,我的事跟他无关。我们决定打的去了,所以,不去接你了。你千万别再告诉他。你怎么走?

母亲没有马上回答。陈幼红说,你可别叫"的话"送你!我烦!

母亲说,我又不稀罕他送!我还不是不放心你。你若嫌人多,我不去也没关系了。

你当然要去了。陈幼红说,不是说好了的?你也打的去吧。我报销!

母亲笑,我还没有穷到那个地步。我打的就是了。

"的话"的电话,居然又响了三次。真是够顽强的。陈幼红厌恶至极地接起,硬邦邦地喂了一声,既不想道歉也不想解释为什么不接电话,哪知电话一通,"的话"欣喜若狂:哎唷,吓我啊,你们没事吧?

陈幼红莫名其妙,说,啊?

没事的话就好啦,电话通得好好的,忽然的话就没有声音了,连续打就再没有人接电话,我的话当场就想,是不是车子出事了……

什么乌鸦嘴嘛你!陈幼红怒不可遏,很放肆地吼过去。"的话"竟然也不介意她不敬老,反而谦恭地说:我的话不是担心嘛,我这人一贯心细。你没事的话,就好了……

陈幼红再次掐了他的电话。她说,他再打进来,我就把手机扔下楼!

魏一伦说,你看,有钱人的脾气已经出来了。好,扔!

九

陈幼红和魏一伦一起坐在的士车的后排。魏一伦提护着电脑包,里面有那两块碗碟。现在,它们不再是旧报纸包裹,而是分别用两块红丝绒包好。魏一伦随时把电脑包在腿面上托起,怕颠簸震伤了它们。两口子很长时间没有并排坐了,行驶间,魏一伦用手挑了下陈幼红的鬓发。陈幼红假装看车外风景,对这个动作没有感觉。车子又开了一段,魏一伦低声说,哇,你有根白头发呢。说着魏一伦又挑拨她的头发,说,我替你拔掉。

陈幼红说,早就有了,才发现。

哪里,魏一伦抚摸她的头发,你的头发一直很漂亮。

这期间,的士师傅因为在一个检修管道地段抢红灯,差点撞到一个推童车的妇女。一个紧急刹车,让陈幼红的头,撞到了的哥椅背,魏一伦死死护住包,肩膀撞到了陈幼红右臂。

的士司机为推卸责任,大声诅咒那个女人瞎走,早晚死在路上。

魏一伦骂道:师傅,你今天开车最好给我小心点!!否则你赔不起!

陈幼红痛得哼哼,说,看出来了,那个包比我性命重。

魏一伦笑,一边伸手要抚摸幼红起包的额角。陈幼红打开他的手,那手又温存地抚摸上去。陈幼红说,这手很无耻。

咦,魏一伦说,我护的是谁的宝贝啊!这么说真没良心。

那你承认这宝贝是我一个人的?

夫妻本是一个人,谁是谁啊,法律上还不是有共同财产一说?谈恋爱买的,可以不算,蜜月买的,我不想要也是违法的。有福同享有难同当,这就是夫妻!

两人一时无话,师傅没话找话地说,呵呵,上我这车,两分钟我就能搞清楚他们是恋人还是夫妻。我还以为两位是恋人呢。嘿嘿,二位不容易啊!恭喜恭喜。

魏一伦无声地笑了,又抬手摸陈幼红后脑勺。陈幼红甩头,但也微微笑了。

电话响了,是幼红母亲打来的。

太过分了!她说,简直厉害得要吃人!他家老大要向你借钱!

陈幼红立刻就听懂了,是"的话"家的大女儿。母亲既然已经发火了,她就很淡然,说,她借什么钱啊?你到了吗?

在路上。电话接了实在气不过,就干脆给你打过来。她说她孩子出国,正急着要筹一笔款子,看你能不能先借她六十万,应个急。

丰满的一天 | 195

陈幼红笑,是你告诉她我有两千万了。

母亲说,我告诉她!我二百五啊我告诉她!肯定是她父亲跟她吹的!他以为他傍大款了呢。那老大平时精得五块钱都要看是不是假币,现在,一开口六十万!六十万,她也真敢开这个口!

陈幼红笑,好哇,她敢直接跟我开口,我就借。

疯啦你?!母亲叫起来,你还真把她当一回事呀?那三个女儿是怎么瞧不起我们的,你统统忘了?你给了老大,还有老二,还有老三,个个都不是省油的灯!他们家我早就看透了。我告诉你,红,"的话"那种男人,我都要重新考虑呢!一分不借!我们不开这个坏头!

好了好了,陈幼红说,别浪费电话了,马上就见面了。

合上电话,陈幼红苦笑,一伦,看来我妈好像已经是大款了。魏一伦说,是啊,她已经有了很多大款的烦恼。

两人和好,默契地笑。

出租车在新时代广场停下,陈幼红等魏一伦埋单,一起从右边下,这时,她的电话又响了。也是陌生号码。接起来是一个春天般繁花似锦的问候:哎呀,我说我怎么最近老是左眼跳,原来贵人就在我们家啦。真是喜从天降。呵呵,猜得出我是谁吗?

陈幼红茫然,对方说,哎唷,连我的声音都猜不出了。女声咯咯笑着。陈幼红以为是自己久违的同学,却不明白她和谁成了"我们家"。对方笑道,幼红,我是丝娜呀!

——"的话"的女儿,尖嘴老三!

陈幼红简直有晴天霹雳的感觉,肯定没有好事,所以,她立刻就鄙夷而愤怒,而不耐烦。但是,她的个性还是温和的,所以,她说,丝娜呀，你好。有事吗？

哎呀，你真是我的贵人！你是我们家的大贵人！你不知道，我已经半个月没有睡好觉了！我有个同事要去上海，把她家的房子便宜卖给我，这不是机会难得吗，你知道，我们老跟爸爸挤也是不行的，你妈和我爸，也不方便。可是，我同事那房子一下子要一次性结清，如果我拿不出，她老公的堂弟要接，急煎煎的，可是，我在先啊，但我一下子又拿不出八十八万，正好你成千万富翁啦，太好啦，太及时啦！大贵人哪，幼红，你赶紧接济我一百万，因为接过来也要装修什么，干脆给我个整数，我出来住，你妈妈也……

你说段子啊，陈幼红咯咯笑，我什么时候成千万富翁了？

你们不是有两个一千年的古董？不是鉴定了吗……

笑死我了！什么一千年，不过是赝品。几百块钱的破碗。我们只是来上个古董知识讲座，你这样说，丝雅、丝婷要笑掉大牙啦。你赶紧找你们亲姐妹筹钱吧，便宜的房子可不是便宜大白菜，错过这个村就没有这个店了。拜。

陈幼红把电话挂了。

等她和母亲会合，又一起谴责嘲讽了"的话"和他的三个女儿，最后认定后患无穷，就商定把电话关机了。母女都一起关机了。魏一伦笑着点头表示佩服，说，有钱人不是无情无义，只是他有本钱无情无义了。

陈幼红听出他骂人，娇嗔地白了他一眼。

没想到今天来鉴宝的人更多了。陈幼红说，怎么还这么多人啊。魏一伦说，因为想一夜暴富的人数也数不完。那个清瘦老者还在，有人在给他看一个花里胡哨的大瓷盆。幼红母亲对幼红说，这个周老

丰满的一天　197

师，真的很了不起，你看他肚子里有多少学问哪。幼红盯着老人看了一会，决定亲自过去凑热闹去了。她还没走到跟前，周老师却起身跟那些等候的人们告辞。有人挽留，他笑着摇手坚决走了。陈幼红只好退了回来。

远远地，那个没有被周老师预鉴的男人，明显失落，一个长相像甘蔗头一样、胡子拉碴极干瘦的男人，过去借火的时候，安慰了一句说，不看也拉倒。这周老师，我就没见他说一个东西不好。简直像个托！另外那个男人不解地看着他。那根甘蔗头却吸着烟走远了。

叫到陈幼红号码的时候，夫妻俩起身，都被人领进去，陈幼红母亲也自然跟着，不料，被一靛蓝西装礼貌阻拦，说，对不起，太太，里面需要非常安静。一样物品进一位，你们人太多了。

那不早说？母亲说，我买了票呀！一百块哪！开什么玩笑。

蓝西装说，您稍候，我去请示一下。

没事的，幼红说，妈那你就在这等吧。

母亲说，买票的时候怎么不说？那一百块谁赔？

无所谓了。幼红说，反正我们一下就出来了。

母亲谁也不看，幽微地叹了口长气。

里面，是个肃穆静谧的中式大厅，大厅深处，半屏风处，氤氲着如朝阳初起的光芒。一张白色的桌子，就像个手术台。两盏奇怪的灯雪亮而不刺眼地照射着台子。为首的专家却着便衣，胸前挂着奇怪的眼镜，眼神就像数钱数倦的老出纳。三个着白大褂的中青年人坐在桌边，一式的目光炯炯，似乎比赛预测着进来的人是不是真的身藏瑰宝。夫妻俩忽然一起涌起"近乡情怯"之感，又好像在迎接一个事先秘知的巨奖开奖。走近手术台的脚步声，消音在厚厚的地毯上，这使他们每一步都带来不踏实的心慌和不踏实的兴奋。

一个米色西服小姐迎过来，说了声您好，收了魏一伦手里的两张票。

她说，这里进行的是专家人眼鉴定程序，如果，您对"人鉴"结果持疑，可以申请进入科学鉴定程序，即"能量色散 X 射线荧光光谱仪"鉴定，我们这台自德国引进的仪器可为古陶瓷、青铜器、贵金属、矿物标本等进行科学鉴定，它可以精确地测定藏品，特别是古代陶瓷器的"生日"和"出生地"，并为文物开具一份严谨的"元素身份证"。

魏一伦说，那我们直接申请光谱仪鉴定好了。

米色西服小姐说，很抱歉，"科鉴"必须另行收费，每件六百元。我们一般是"人鉴"关过了，再进行"科鉴"才不会浪费资源，此外，藏品的艺术水平、造型特征、市场价值等，也必须由专家鉴定才行。他们在鉴定证书上的签名，是很有价值的。

哦！陈幼红说，鉴定证书要收费吗？

米色西服小姐说，要的。鉴定完毕，如您需要鉴定证书的话，一张证书另收五百。

陈幼红有点迟疑，魏一伦鞠躬点头，快步走向灯光那边的专家群。

魏一伦把电脑包打开，小心翼翼地打开一件丝绒布。是那个古碟，就是昨天清瘦老者惊叹的古越窑的秘色瓷。染过发的便衣专家斜瞥了一眼，大手很轻率地抓过，看了看放下，穿白大褂的中年人也相继拿起，他们显得比较小心谨慎。几个人的交谈，简洁得像接头暗号，完全令人摸不着头脑，虽然魏一伦恶补了一夜古董常识。因为听不懂,他对这些人莫测高深的眼神和短语,更加崇敬。便衣专家最后一次又拿起,在灯下比较仔细地看了看,即对左右徒弟一样的两个青年人说:

东西没错。

陈幼红魏一伦一起感到气管的轻微痉挛。陈幼红用手堵住了嘴,怕自己情不自禁;魏一伦则大张嘴巴,深深呼吸,力图镇静。

专家说,隋朝的,但是破得太厉害,品相不好,有历史价值而没有经济价值。

这个……魏一伦说,算破得厉害?

专家没有回答,他身边的一个中年白大褂说,品相太次。没用啦。

你是说——不值钱?魏一伦说。

怎么只想钱呢?历史价值很高啊,这是无价之宝!珍藏吧。专家说。

到底能卖多少钱?我是说,如果我急需用钱的时候。

徒弟模样的年轻人都笑了,一个说,没有经济价值,你卖它干吗?一钱不值。

魏一伦几乎生气了,那你为什么鉴定是无价之宝?

那徒弟轻笑:一钱不值,往往就是无价之宝。这你都不懂?好了,你要鉴定证书的话,请往那边走。魏一伦盯住他,内心万语千言的样子。

专家已经不愿搭理这样的鉴宝人,他压根不看魏一伦,只是倦怠地望着陈幼红,陈幼红连忙掏出另一块丝绒布包。这就是昨天震撼到清瘦老者的、令他目光贪婪的"哥窑"。陈幼红心里有数了,这个碗可是完整的,肯定没有品相问题。万一这些"人鉴"又不靠谱,她一定会再花几百块申请"科鉴"。

陈幼红的母亲在外面,焦急得坐立不安。不知怎么的,她有个感觉,陈幼红夫妇出来可能会对她很散淡地说,不值钱啦,都是假古董、地摊货!幼红会说,两块破碗啊,我早就叫你别激动,我们还是穷人!她肯定一副无所谓的样子。

这个场景的设想,让她感到一丝悲凉。她不由想起幼红死去的父亲。做母亲的,突然感到无言的孤单。人心都是向下长的,她的这颗心,永远向着女儿,至死不悔;而女儿的心,向哪里呢?她没有孩子,不会向下,会不会就因此回向母亲?陈幼红的妈妈,并没有感到一丝信心。幼红打发丝娜的话,说得多么自然真切啊。你知道哪句是真话?孩子大了,翅膀硬了,心也硬了。人生就这么回事。她这么想着、猜疑着,有点感伤欲泪。

因为她坚信那东西是真的。她直觉肯定它们超过千万,它们必定是乡下盗墓人弄出来的。绝对。想到这,幼红母亲浑身一阵潮热。

之前阻挡她的那名工作人员过来说,您好。请示过了,买了鉴定票不好退,那么,现在,请您还是进去吧。请勿讨论喧哗。谢谢。

现在?幼红母亲看了看手表,看上去她是对时间问题的反感,但心里,她忽然很清晰地感到,幼红并不喜欢她进去。那是她的隐私。可卖了票不让人进去,是显然不公道的,但是,这一百元的票,是女婿买的,并不是她自己掏的钱。夫妻俩眼看就是千万富翁了,退不退票,实际也是无所谓的。幼红母亲慢慢坐了下来。她心里还是为女儿的未来高兴,也为自己高兴。"的话"和"的话"家的女儿们,爱怎样怎样好了。

新时代广场的草坪大钟,是十一点四十七分。

托斯卡纳

吕魁

一

去年，或许是前年，总之我记忆中护城河边的垃圾场荡然无存，像童话故事里的巫师挥动魔法棒，取而代之的是托斯卡纳——全市最奢华的高档小区。复式独栋、车库泳池、英式管家、私家园林，诸如此类广告语高频率强密度地出现在各种传播媒体上，海陆空三维立体全方位轰炸宣传，想不记住都难。

我去过那儿几次，都是去找大钱或被大钱带进去的。漫步在人工开凿的"天鹅湖"畔边，一想起脚下的鹅卵石小路下没准还埋着尚未腐化降解的垃圾，我就哑然失笑。再看楼盘宣传片则彻底笑出声来：依山傍水，欧陆风情，毗邻高等学府……这些套词吸引外地人来此投资安家不成问题，但对我这种土生土长的本地人来说，则是个还算不错的冷笑话。欧陆风情暂且不表，所谓依山傍水，说穿了其实是背靠二十世纪末开采金矿、如今早已荒废的南山；干涸的护城河像进入风烛残年却尽职尽责的老佣人，绕着小区外墙吃力地流淌；而高等学府无非是几个大专技院，以及一所高中的分校。小区四周飘散着古怪的气味，有人说那是金子的味道……

托斯卡纳大小户型总共一百余套，大钱占了三套，而他整个家族则买下东面向阳的那两排所有大户型，面积占整个小区的七分之一。我曾坐在大钱悍马车的副驾驶位子上，半开玩笑地说，干脆搞个园中园，找几个工人在空地上弄个中式仿古门，砌道墙，朱红木门外搁俩滚绣球的石狮子，门上挂灯笼，再找个书法家求幅墨宝，写上繁体的"钱府"二字，烫金制匾，挂在门楣。冬季落雪，秋日结霜，就像古代大户人家那样。大钱嘴角上扬，眯着本来就不大的眼睛，嘿嘿傻笑。他自始至终没接话，叼着烟卷，直视远方，手指随着车内激昂的摇滚乐有节奏地敲打着方向盘，一副胸有成竹的样子。

不只是家乡的托斯卡纳，远在千里之外的首都，大钱和他的亲戚们依旧住同一小区，只不过由对门改为楼上楼下。该楼盘位于西二环，若不堵车，一刻钟内便可到达天安门广场看升降旗仪式，接受爱国主义教育，这是当初促使大钱购买那些房产的主要原因。那个高档社区无论硬件软件都远超托斯卡纳好几个档次，可大钱却只把它当作每次来京办事住的酒店，他坚定地认为托斯卡纳更有家的感觉。

夏天的一个傍晚，在托斯卡纳，大钱的私属庭院内，我和他各躺一个摇椅，喝着冰啤酒，逗着湖里不知从哪儿买来的黑天鹅。我问了大钱一个我自己也不确定的问题，你说真正的托斯卡纳究竟在哪儿？

真有这地方？大钱反问我。

应该有吧，要不这名从哪儿来？

在美国。大钱咽了口啤酒,音调上扬,目光笃定。

美国吗?但你这不是欧陆经典吗?我手指不远处的灯箱广告牌,抽出一根烟给大钱。大钱接过去深吸一口,朝半空中吐出一个不规则的烟圈说,在巴黎。

法国?我半信半疑。

对,法国,离巴黎不远,托斯卡纳,海边小城,盛产葡萄酒的地方。大钱说得自信。他倒满啤酒,愉悦地与我碰杯,就好像此刻我们置身于真正的托斯卡纳酒庄。

二

我与大钱的友谊能追溯到二十世纪九十年代中期。大钱是墨县人,高二上学期转学而来。大钱的老家墨县,省级经济强县,进入本世纪以来,时不时以或正面或负面的新闻出现在全国各大报刊上,就连国外各大媒体都纷纷报道过。这一切都得益于祖先恩赐:偌大一个国、一个省,却将几代人取之不尽、用之不竭的煤炭资源独独藏于墨县地下。在墨县,但凡和煤沾边的人财富都成倍激增。昨日还是工厂钳工、小学老师,只要胆识过人,敢借款下本赌对煤矿,一夜之间便身价暴涨,摇身一变成为千万富翁。有了钱的墨县人多数如其祖辈一样,低调本分,克俭持家,但还是有些煤二代,比老子会赚钱,但更比老子会享受。他们以"人生苦短,及时享乐"为信条,除了竞相攀比购买名车、四处购置豪宅外,还干过"山路交通不便,购买飞机代步""为争夺某二流女星芳心一掷千金"等蠢事。然而就是这些人，莫名其妙地成了墨县甚至我们省的代名词。

不过这都是近些年的事了。读高中那会儿，所有人都呆头呆脑，穷得兜比脸还干净。那时候我对富人没有明晰的概念，只知道大钱家乡产苹果也产煤，仅此而已。同时，在大钱身上也看不出半点有钱人的气质。首先，从外貌来看，大钱个儿不高，寸头，略胖，无处宣泄的荷尔蒙憋出一额头青春痘。他不喜名牌，更不讲究吃喝，常和舍友结伴去食堂打饭，水房排队打水的队伍中也能时常见到他手提暖壶、满头大汗的窘样。

高考前夕，备考无望的差生中，家境不好者已留心南方工厂的招工信息，准备自谋出路；家庭富裕、父母为官的，则喝酒打牌，去录像厅、台球室消磨时光。大钱成绩不好，每次模拟考都是倒数几名，可他没有自暴自弃，数学、英语学不会，就趴在桌上念古文、背历史，学累了就抱着足球去操场和低年级的学生踢上一会儿。

高中毕业后，在我再一次见到大钱之前，我对他的印象就是，落日余晖中，他身穿AC米兰球服，拖着敦实的身体，一脸不服输地追着球跑。正式踢起比赛来，身穿3号球服的大钱和他的偶像马尔蒂尼一样踢左后卫，尽管他的外形和球技与伟大的马尔蒂尼相去甚远，但我们还是喜欢叫他"钱尔蒂尼"，至少大钱在场上顽强的作风以及不知疲倦的奔跑还是令人钦佩的。

高中时期的大钱似乎偏爱穿球服，那年头足坛球星云集，高考时又正逢世界杯，男生们都有各自喜爱的球队，穿球衣以示支持不足为奇。而像大钱那样，隔几天就换一套不同俱乐部球服的，却没有几人。米兰双雄、曼联、皇马等豪门俱乐部的队服大钱都穿过，且一穿就是一身，专业程度毫不逊色职业球员。但这也没让人觉得有什么奇怪的，毕竟球服多为本地小型服装厂加工仿造，一套也不过百八十块。大钱不去游戏厅，也没早恋，省几周早饭钱满足收集球衣的爱好也在情理之中。直到好多年后的同学聚会，老同学们回忆读书时的趣事时，我听到同样也喝了不少的大钱追忆说，那些年，他穿的那些队服全都是欧洲原厂正版出品，多是他家人出差到北京、上海品牌专卖店购得，每套至少千元。

三

高中毕业后我就再没见过大钱。确切地说，高中还没毕业我就没再见到他。高考前几天他就没再来学校，最终是放弃了高考，还是如传言所说，他雇枪手替考就不得而知了。那年七月，我考到南方海边一所二本院校，学了四年经济学。大学毕业随当时的女友北上京城，在一家外企做了一年半财务工作。无奈赚钱太少，买不起房，女朋友暗中找了个有车有房的北京土著，理所当然地和我分了手。我痛定思痛，为了改变命运，现实点说，是为了能找到薪酬更高的工作及一纸户口，我决定辞职考研。玩命苦读外加稍许运气，我一举成功，研究生一读又是三年。这期间，在学校食堂、街边小馆，我陆续接待过数位来北京出差、游玩的高中同学。老友相逢，能聊的也只剩往日时光，追忆青葱岁月。每次说完昔日班花近况，就有人迫不及待地提到大钱。讲述人一口一个钱总，崇敬之情溢于言表，这让我恍惚了好一阵才反应过来，他们口中的钱总就是当初那个独来独往、寡言少语、喜欢踢球和发呆的大钱。

听得多了，我也就渐渐梳理出大钱的近况：高中毕业后，大钱去了澳大利亚，不过究竟是读了几年预科、未混下文凭，还是一举拿下学士学位后学成归国，就暂无定论了。他在澳洲的第四年，他的父亲因一场车祸意外身亡，身为长子的大钱毫无心理准备，匆忙回家，继承家业。在此之前，他只是知道家里有煤矿钢厂，真等他继承了这一切，成了公司的董事长，才确切清楚自己身价几何。

大钱虽不像商战片里少东家那样毕业于名校金融系，但有海外留学背景的他，与其家族那些只有小学或初中文化的叔叔表哥们相比，俨然称得上是专业精英。大钱掌管整个企业后，实施的系列整改措施很好地证明了他的能力和学识。他先是从深圳高薪聘请职业经理人，将作坊式的家族企业建成现代化的公司。接着，他又说服和其父亲同时期创业的公司元老、家族长辈，拿出大笔资金投入此前从未涉足也并不被人看好的资本市场。大钱选股独到，入市神准，又正好赶上千载难逢的大牛市，一年下来赚得盆满钵满，收益毫不逊色于煤矿产值。这下迅速提升了大钱在公司中的权威，先前那些质疑者集体噤声，而市里乃至省里的媒体对大钱竞相采访报道，溢美之词层出不穷："少年股神""资本市场的哈利·波特"。但大钱头脑清醒，并没骄傲自满，他把目光又投向了娱乐服务业，相继在县城乃至市区投资入股多家酒店、KTV、洗浴中心等。五年不到，大钱的产业遍布全市各县，为本市每年 GDP 增长做出卓越贡献。

当我和多数同龄人还在为生计奔波时，大钱已成为富甲一方的商界才俊。即便如此，大钱还是尽可能地低调内敛，以至于很长一段时间都没有人知道本地神秘新贵就是自己高中的同班同学。若不是在市财政局工作的我们的老班长，在大钱旗下的酒楼用餐时认出了他，恐

托斯卡纳 | 209

怕还是不会有人相信，如今的钱总就是当初那个普通到让人毫无记忆点的大钱。

钱总就是大钱的消息很快在同学圈中传开，大家在惊诧之余更多的是喜出望外，似乎有了这么一个富翁同学，自己撞运发财是早晚的事情。从此，每个人都十分肉麻地和大钱套近乎，都努力地从记忆深处挖寻与大钱有关的陈年往事、点滴细节。就连只在读书时一起踢过几场球的邻班校友，都敢到处宣称自己和大钱是患难之交。据说，真有人打听到大钱的联系方式，开口就向他借钱、要项目，托他找工作，就好像大钱是万能且慷慨的救世主。大伙心照不宣地达成共识，在这四方小城，只要大钱点头答应，就没有他解决不了的事。此外，婚丧嫁娶、同学聚会更是以大钱的酒楼为据点。母校五十年校庆时，众人以班级的名义捐赠了一座两米来高、寓意"桃李满天下"的镀金雕塑，以谢母校培育之恩。当然，说是集资，实际上出钱的只有大钱一个人。

大钱想低调也低调不成了。市电视台、报纸上每隔几周就能看到有关他的新闻报道，以他名字命名的各种爱心基金、公益活动更是层出不穷。茶余饭后，酒局牌桌上人们热衷八卦大钱的私生活，猜测大钱究竟继承了多少家产，又在此基础上创造了多少财富。如果本市出版一本娱乐周刊，那么大钱会毫无悬念地期期上封面。我远在北京，只有逢年过节才会回乡探亲，无论是空间距离，还是财富悬殊，我都以为我和大钱此生注定不会再有交集，可没曾料到，因为一个女人，我与大钱再度相逢，而且越走越近，最后竟成为无话不谈的至交。

四

再次见到大钱是北京奥运会前夕,我们班长的婚宴上。大钱一出现,风头完全盖过新郎,人们争先恐后地站起身,像追星一般挤到他身前与他握手寒暄。我坐在靠角落的那一桌,左手捂耳,手机紧贴在另一只耳朵上,满头大汗地听着手机里远在香港的老总训斥,唯唯诺诺连声认错。刚挂线,正欲爆粗口发泄心中不满时,肩膀不知被谁重重拍了一下,毫无准备的我差点从凳子上摔下去。

马山,大记者,还记得我吗?我可没忘记你。

迎面而来的是一张自信又不失谦卑的笑脸。我与他握手,一边干笑应和,一边在脑子里将这张既熟悉又有些陌生的面孔与当年老同学的名字一一对应。这时,一位精心打扮过的女同学救了我,她一摇一摆地走了过来,说,钱总,有日子没见到老同学你了,真是日理万机啊。

钱总你好。我恍然,与大钱握手,像是被领导接见。

你就别跟着他们瞎起哄挤对我了,我听着别扭,太陌生,有距离感。大钱摆了摆手,制止我像刚刚摇曳离去的那位女同学一样称呼他。叫我大钱,或者像当年一样叫我"钱尔蒂尼",我喜欢这个外号,好多年没人这样叫我了。

十年没见,大钱胖了许多,头发有些稀疏,凸起的肚腩把有质感的白衬衣顶出一弯弧线。挂在小腹中央的 GUCCI 皮带扣锃亮耀眼。

告诉我你的手机号,晚上给个面子,老同学好久不见,吃个便

托斯卡纳 | **211**

饭，聊聊天。大钱从上衣内兜掏出他那价值数万的 Vertu 手机，输入我的号码。

我明天一早的飞机，这次就算了，下次等你来北京，我去找你。

知道你忙，可你明天早上的飞机和今天晚饭有什么关系？等我电话，我来安排。大钱拍了拍我的肩膀，径直向前方走去。

我想不出大钱约我的目的何在，大钱应该知道我只不过是在京城某二流财经杂志混口饭吃的文字记者，若是想让我帮他或他公司写篇软文肯定指望不上，也没那个必要。莫非真如他所说，只是单纯的老友重逢，叙旧闲聊？待新郎携新娘到我所在这桌敬酒时，我的手机适时振动，是大钱的短信，他说，晚上六点半，晋府，到时我会派司机去接你。我起身透过人群向主桌望去，大钱的座位空空荡荡，餐具原封不动，摆放整齐。

五

说真的，若不是大钱请客，我真不知道也无法想象，短短几年，中国中部一个不起眼的三线小城竟然有如此奢华高档的私家会所。

车开出城差不多十余里地，一栋极具历史感的院落安静地坐落在一片金黄色的麦田深处，看样子似乎存在了好几个世纪。庭院内装修十分讲究，一眼看去还真辨别不出那些瓷器、家具是现代仿品，还是价值连城的老物件。院内灯火通明、雕梁画栋、曲径通幽，身着缎面旗袍的迎宾小姐个个身材高挑，面容姣好。

在领班的带领下，我来到一间半古不新的厅房。她清了清嗓子，音色甜美地朝房里喊道,钱总,您的客人到。房门应声而开,金碧辉煌的大厅内,如帝王般的大钱坐在一米多高的龙椅上讲着手机,见我进来,他冲我颔首微笑,示意我坐到他右手边的位子。

偌大的包间内,用餐的只有我、大钱以及大钱的司机,服务生却有五六个。我刚一入座,两个女侍者又是给我摆餐具,又是给我宽衣,搞得我受宠若惊,极不自在。我瞥了一眼大钱,他继续讲着电话,很自然地抬起双臂让女侍者将餐巾掖在衬衣领上。

你还是老样子,没怎么变。大钱的手机几乎就没消停过,他趁着接完一通电话的间隙起身与我碰杯。

你也没变化。我仰头喝干大钱倒给我的满满一杯白酒,不,你还是变了。我停住,大钱也抬起眼睛,疑惑地望向我。你越来越低调了,都身为钱总了还这么平易近人,没有忘记老同学,太不像话了。

你还是那么能说,不愧当了记者。大钱拍打我的肩,豪爽地笑出声来。

大钱的话并不多,更谈不上有钱人的张扬,按照心理学,他可以被归类为防守型性格。与多数老同学不同,大钱既不追忆读书时的美好时光,也不感慨青春不再,他除了接电话,就是与我一杯接一杯地喝酒,间或礼貌性地询问我几句近况。

你现在还踢球吗?

早不踢了,赚钱都来不及,哪有那闲工夫。我拧灭烟蒂说。

那球也不看了?还喜欢曼联队吗?

我咀嚼海参的同时摇头。大钱若有所思地微微点头,点上一根烟说,我也不踢了,跑不动了,不过闲下来有空时我还是会看看球赛,德甲、西甲、英超都喜欢,中超、国足从来不看,一帮窝囊废,越看越搓火，净他妈黑哨假球。

还是 AC 米兰球迷？钱尔蒂尼？多喝了几杯的我放松下来，搂着大钱的脖子，就像高中时并排坐在草地上那样。

我们钱总是忠实的 AC 米兰球迷，去年欧冠决赛，钱总推掉一切工作应酬特意飞去希腊，亲临现场目睹米兰夺冠。大钱的助理兼司机，那个大个子平头男插话说道。

我朝大钱看去，他调出手机相册，画面上的大钱身着 AC 米兰经典的红黑条纹队服，背靠奥林匹亚体育场，手比 V 字形，开心大笑。

钱总可是米兰的铁杆球迷，他精辟地总结了 AC 米兰球队的球魂：顽强拼搏，奋斗不息，并且把这八个字贯彻到整个公司，成了我们的企业文化，每一个员工都深受感染……平头男滔滔不绝地说着，他从足球扯到公司治理，又从公司治理聊到国际经济、能源价格、东亚政治格局，似乎没有他不知道的。大钱也没有丝毫制止他的意思，任他海阔天空说个不停，偶尔很有威严地补充几句。我在一旁埋头吃着各种名贵料理，心想，要是在古代，这小子一准会成为出色的门客或是得宠的师爷。

这顿饭如同大钱本人带给我的感觉一样，表面低调，暗藏奢贵。几道凉菜是由北方不常见的蔬菜调拌而成，两例精致主菜的价钱抵得上我一个月的工资，我们喝的是陈酿年份比我年纪还久的高度白酒。大钱及其助理并没有要翅鲍，取而代之的是两大碗优质羊肉面以及切好洗净的蒜瓣葱段。最后一杯酒喝光，果盘上桌，大钱依旧有一搭没一搭地东拉西扯，我脸上赔着笑，心里还是找不出他请我吃饭的理由，索性抽着他给的烟，喝茶醒酒。

你和马伊娜这几年还有联系吗？趁助理出门结账，大钱低下头用毛巾擦手，貌似不经意地问我。

我的大脑中放空数秒，才回想起大钱说的马伊娜是谁。那是个相貌平平、穿衣打扮颇有几分民国范儿的女文青。高中时无论大小考试马伊娜一直稳居前三甲，大学时马伊娜和我同城不同校，高中时我和她算不上很熟，互动也不多，但初到陌生城市，又是老乡兼同学，自然联系频繁。大一、大二那两年，每逢节庆假期或老乡聚会，我们都会叙旧聊天。大三下学期，我谈了女朋友，又弄丢了手机，和马伊娜失去联络。直到前两年在北京的一场同学会上与她再度重逢，彼时她已是人民大学博士，且出版了多本学术著作。

听说她目前也在北京，你和她还有来往吗？大钱双眼半眯，透过弥漫的烟雾似笑非笑地盯着我。

我没她的新手机号，不过找到她问题不大。我低头咬了口西瓜，怎么也没法将大钱和马伊娜这两个完全处于不同世界的人联系在一起，实在搞不懂他为何要找她。据我所知，大钱早已成家，况且像他这样的人，平日里肯定不乏主动献殷勤的姑娘，按常理来说不会缺女人。

也没什么，都是老同学，这么多年不见，就想找到她叙叙旧，聊一聊天，就像你我此刻这样。你可别想歪了。大钱像是看穿了我的疑惑，用牙签插了一瓣哈密瓜，不问自答。

我心领神会地冲大钱挤眉弄眼，借着酒劲向他许诺，明天一回北京我就立刻去找马伊娜，一定会把你的问候带到。

也不用这么着急，你先忙你的，只要能联系得上就好。看样子大钱似乎很满意我的表态，仰头将桌上最后一杯酒喝掉。

饭后，大钱又邀我去他旗下的娱乐城唱 KTV，三四个女孩花插

托斯卡纳　**215**

着坐到我和大钱中间，极具服务意识地为我们倒酒点烟。大钱脱掉西装，只手叉腰站在空地中央，动情地唱着《爱江山更爱美人》。姑娘们显然对大钱唱的老歌提不起兴趣，她们像一个个美丽花瓶，安静地坐着，不时鼓掌称赞，露出职业笑脸。我喝了几杯啤酒，渐渐有了困意，大钱助理凑到我耳边告诉我，接下来去泡澡洗脚吃夜宵，他说但凡贵客大钱都会如此安排。

翌日清晨，大钱陪我吃完早餐又亲自开车送我至机场。分别时递给我个信封，我接过一捏，厚厚一沓钱，没有一万也有八千。大钱不容我多说，执意塞进我的行李箱，说是连本带利还我高中时借给他的一百块钱。

六

我没费什么周折就联系上了马伊娜，约她在人民大学西门外的咖啡馆会面，她很爽快就答应了我的邀请。入座后，通过闲聊，我得知她已离异，无子，到美国某大学做了一年访问学者，归国不久。

除了多了几分成熟女人的妩媚外，马伊娜变化不大，仍然是五四女青年的齐耳短发，只不过曾经的黑框眼镜被某名牌金丝边眼镜代替。初见冷场，我没话找话随口问起中美文化的差异，没想到马伊娜进入角色，面带微笑，十分学术地系统对比起来。经她允许我点着烟，像专业捧哏的相声演员那样"嗯啊"不停，心里嘀咕，大钱怎么会惦记着这么一个姿色普通、寡淡如水的女人呢？

所以，归根结底，中美文化的差异还是儒家文明与基督文明的不同。马伊娜扶了下眼镜,做总结。

你还记得钱总吗?大钱,高中时爱穿 AC 米兰球服,和你坐过一学期邻桌的那个转校生。我趁马伊娜抿咖啡之际赶忙见缝插针,直奔主题。

他呀,咬着勺子的马伊娜用了五秒钟恍过神来,记得,那会儿他不爱说话,但很有礼貌,每次问我问题时都会用他那并不标准的普通话说"请""麻烦您""谢谢"等敬语。听说他现在是大老板了,有同学在 QQ 群里留言说,大钱都进福布斯了?

暂时还没有,不过也快了。我接过马伊娜的话,随便挑了两个与大钱有关的段子,稍加演绎讲给她听。书读得多就是不一样,马伊娜并不像我等俗人初闻大钱生活方式时那样惊诧羡慕,她眉头微皱,专注倾听,不时轻轻点头,比我更像是记者。

你是说,大钱,他找我?马伊娜用手指了指自己,又用疑惑的眼神问我确定吗?

我不假思索地点头,顺便又补充了些大钱是如何找到我,又如何叮嘱我务必找到她的一些细节。

这都十多年没有联系了,他找我做什么呢?马伊娜盯着桌面上的咖啡杯,将一缕掉落在前额的头发拨至耳后,喃喃自语。直到这个时候,她那平静如湖面般的脸庞才泛起一丝不易察觉的微澜。

我也很想知道,已是省内数一数二的有钱人为何突然要找你这么一个与他完全不是活在同一个世界的女同学……我当然不会傻到把心里话说出来,我又给马伊娜续了杯咖啡,灭掉烟,清了清嗓子,像机场书店的电视里那些秃头大师一样,口若悬河、眉飞色舞地说着早已烂熟于心的台词。

托斯卡纳

我那点小伎俩轻易就被马伊娜博士看穿,还好她给我留面子,没有揭露我,装作被我游说成功,很配合地告诉我除了住宅电话外的其他联系方式。并让我转告大钱,等他再来北京时,只要他有空,随时可以和她一起喝茶聊天。事情进展得如此顺利反而使我有些不安,我诚心诚意地留马伊娜共进晚餐,她却以晚上开会为借口婉拒,这进一步加深了我的内疚感。

我和马伊娜在她办公楼下挥手道别,望着她尚未远去的背影,我迫不及待地掏出手机拨通大钱的电话,以邀功的心态,事无巨细地向他汇报了我所了解的马伊娜的近况。

听声音大钱并没我预料中那么兴奋,他安静聆听,除了略为惊讶地插了一句"马伊娜离婚了"之外,剩余的通话时间内,他不发一语,好几次我都以为讯号中断,连"喂"数声,大钱才不急不慢地说,你讲,我在听。这让我有那么一点沮丧。

我将马伊娜的各种联系方式编辑成短信发送给大钱,很快就收到他的回复,说择日来京当面谢过。说实话,临上飞机前大钱塞给我的那一万块钱,是迄今为止我赚得最轻松的一笔。只不过是帮他找个念念不忘的女同学,他就对我出手如此大方,我算就此明白了大钱的处世哲学、经商之道。

一周后,刚从外地采访回京的我在机场大巴上接到马伊娜的电话。她语气略显焦急地说,给你打了一下午电话你都关机。我还没来得及解释,她又说,一会儿去五道口吃日本料理吧,我有事麻烦你。

我猜她找我八成与大钱有关,但也心存疑虑,大钱不会这么快就来北京同她见面叙旧了吧?果然,还真是如此,冷盘还没吃完,马伊娜就从包里掏出一张信用卡,推到我面前对我说,请帮我把这卡转交给他,告诉他,这钱我不能要。我瞄了一眼桌上某银行的金卡,大致清楚是怎么一回事了。

仅一周不见,马伊娜有了新的变化,她戴上了隐形眼镜,做了新发型,化了淡妆,红色长裙及好闻的香水味使她多了几分性感。

这不合适吧。我面露难色,把卡又推还给她。

没有别的办法了,昨天他给我时我就坚决不收,他钱再多也是他自己赚的,我没有拿他钱的理由。说这番话时马伊娜并没看我,一束柔和的光线不偏不倚地照射在她脸上,她如同舞台中央的话剧演员一样,深情地独白着。

后来我才发现他趁我不注意偷偷把卡塞进我的随身包里,我不好意思直接找他说,想了想,还是得找你。解铃还须系铃人,要不是你,我和他也不可能重逢。

我看着马伊娜,马伊娜看向我,有那么十几秒钟我和她谁也没说话,就那么对视着。我没想到大钱会这么快就飞来找她,更想不到大钱会豪气地直接给她一张信用卡。会有多少钱?十万?二十万?还是五十万?或许,会是一个完全超乎我想象力的金额。

要不这样,我现在就给他打电话,但这事还得你亲口对他说,由我说来真的不是很合适。我真诚得不能再真诚地望向马伊娜,她轻咬下唇,停顿数秒,点头应允。

我拨通大钱的号码,响了两声,他挂断电话,但很快就回拨过来。

刚才在招待领导,不过现在方便了,我在走廊,有什么事你说吧。

电话那端传来节奏强劲的动感舞曲的声音,听上去像是在夜总会。我乱扯一气，装作不经意暗示大钱，此刻马伊娜就和我在一起。大钱显然喝了不少酒，一直笑，舌头打结。但还是很快就反应过来，他压低嗓子说，你叫她接，我给她说。

马伊娜接过手机时略显慌张，一不留神抬手碰翻茶杯，水流一地。我识趣地走到几米外的落地窗前，同穿着日式和服的女侍者搭讪，抽完一根烟回头望去，只看见马伊娜唇动，却听不见她在说什么。再看去时，她不再出声，手机紧贴在耳朵上，像个乖顺的孩子，不时点头。

我的第三支烟抽完，马伊娜才挂了线。我回到座位上，看她双眼放空，若有所思地小口喝茶，就没去打扰她。

我吃着美味的生鱼片，那张银行卡照旧摆在桌子中央，有那么几分钟，四周安静得只听得到酒精炉上海鲜煲的蒸腾声。

要不要再来一壶清酒？马伊娜忽然开口，她挥手叫来服务生的同时，另一只手自然地将银行卡塞回包中，像什么都没有发生。

七

至今我也不清楚那张卡的额度，更不知道在那一段时间内大钱与马伊娜之间到底发生了什么。不过答案并不重要，反正如今大钱已经全家移民澳洲，而马伊娜也二度出嫁，且已有身孕。

或许在寻找马伊娜这件事上我赢得了大钱的信任，也就是从那时候起，大钱频繁往来老家和北京之间，每次一来，处理完公务他都会单独找我喝茶聊天，吃饭小酌。一来二去，短短半年间我和大钱越走越近,从多年不见的老同学逐渐成为能掏心掏肺、互诉衷肠的铁哥们儿。

2009年,我以大钱助理兼好友的身份,随他进出京城各大星级酒店、高档酒楼。应酬一多,也就难免去一些娱乐场所。据我观察,大钱并不迷恋女色,至少比包括我在内的多数男人要有绅士风度。那些莺莺燕燕,在大钱的眼里更像是同事或是下属,他甚至还劝身边的姑娘多吃水果少喝酒。这就更让我好奇他与马伊娜之间的关系。说来也怪,自从那晚和马伊娜在日本料理店分开后,她就杳无音讯了,大钱也再没主动和我提起过她。直到那一年冬天,在京郊某私人会所的温泉浴池里,不知怎么,我们就从地产股市聊到娱乐圈。我忽然来了兴趣,凑过去坏笑着问大钱,不是有人找你投资过电影吗?说实话,和女明星闹过绯闻没有?听到我的问题,鼻子以下都浸泡在水中的大钱像一只翻身的水獭,猛地浮出水面,水花四溅。

她们眼光很高,哪儿会看得上我这个没文化的粗人。大钱歪着头,不断摇头晃脑,看样子像是耳朵进了水。

我晃了晃食指,像个伤过无数女人心的情圣一样对大钱说,绝大多数女星在屏幕上演技很烂,但在现实生活中都是表演艺术家。她们不会因为男人有文化,就忽视这个男人有没有钱。她们见到有文化没钱的男人,最多谈谈文化就对这个男人腻味了,一旦她们遇上有点文化又有些钱的男人,比如像你这样的,便再也无法装矜持高贵,一个个像跳水运动员一样排着队,扑通扑通向下跳。我上岸给大钱倒了杯可乐,又给自己倒了一杯,那些口口声声说只要人好、钱不重要的女明星,其实一个赛一个物质。钱的多少决定了她们的安全感、归属感,是她们评判异性的唯一标准,也是她们活在这个世界上唯一的价值观。

　　大钱不置可否,你说的没错,但我也是来了北京后才懂得,在这里,即使有些钱也并不意味着能活得有尊严、随心所欲。再说,比我富裕的大有人在,我这点家底算不了什么。在那些阅过无数男人、见过各种大场面的女明星眼里我只不过是个土大款、暴发户而已。这点自知之明我还是有的。

　　大钱如此坦率,反而搞得我一时语塞,不知该怎么往下接话。他披了条粉色浴巾,在我身旁的躺椅上坐下,点了根烟缓缓说道,要说婚后真没动过心那是假话,前两年遇到过一个女孩,浙江人,舞蹈学院读大三,比我小整整一轮。那是在一次聚会上认识的,一个朋友酒喝多了打电话,用卖弄的口吻对我们说,他叫了几个艺术院校的校花过来助兴。不多时,果真有一排年轻貌美的姑娘推门而入,每个都身材高挑,气质不凡。她是最后一个进来的,齐耳短发,略施粉黛,她穿得最保守,也不是其中最漂亮的,可我眼中看到的只有她一人。当时我喝了不少,总觉得她像一个人,但具体像谁又说不上来。于是我就借着酒劲一直盯着对面的她看,盯得她都有些不自在,低下头自顾自地小口喝酒,后来干脆玩起手机。

　　讲到这里,陷入回忆中的大钱似乎想起了什么,轻笑出声,他又倒了杯可乐,继续说道,像李宗盛《鬼迷心窍》中唱的:"曾经真的以为人生就这样了,平静的心拒绝再有浪潮。"当我遇到她时,瞬间又有了无法克制的爱的冲动。我很清楚那不是欲望,是爱,是想占有、呵护、疼爱,睁开眼睛就希望能看到她微笑的奇妙情感。这些年来,各种场合我也接触过不少女人,却单单对她一见钟情。我说不清这是为什么,就像说不清爱情究竟是什么一样。不过,我浅薄地认为,爱情之所以迷人,令每个人心醉又心碎,就在于它的神秘、不确定性,不是吗?

大钱双手抱在脑后,仰望璀璨星空,神情严肃专注得如同一位哲学家。我很少见大钱这般侃侃而谈,且逻辑缜密,佳句频出。若我和他不相识,初次相见听到他讲这番话,说他是大学教授或情感专家我都会相信。

你说那姑娘长得像一个人?像谁?

后来有一次我去广州,白天见客户喝了太多咖啡,夜晚彻夜难眠。索性不睡,打开电视机,按着遥控器想找场球赛看。忽然看到一幕熟悉的场景,定格后看了几分钟才想起来,那是我高中时期在录像厅里看过的香港枪战片,女主角是我当时的偶像,梁咏琪。

我一口可乐差点没呛出来,硬是把笑憋了回去。

大钱没注意到我,他又说,那个浙江女孩和刚出道的梁咏琪实在太像了,尤其是侧着头、扬起眉微笑的样子,简直就是一个人。

后来呢?

后来,哪儿他妈有什么后来。后来就是我照旧过我的日子,在外请各路神仙吃饭喝酒,回家陪老婆孩子,伺候老妈做孝子。闭上眼睛惦记着要给那些跟着我混的弟兄们一口饭吃,睁开眼想着从哪儿找钱给银行还贷……那姑娘去年结婚了,邀请我了,但我不巧在成都,没去婚礼现场。听说找了个好人家,上个月生了个闺女,发了彩信给我看,眉眼很像她。

甘心吗?

这有什么不甘心的?就算不甘心,又能怎样?大钱反问,我在飞机上的一本杂志上看到,无论是平庸还是优秀的男人,一生都不可能只去爱一个女人。这是天性决定的，改不了。当然，爱是一回事，敢不敢付诸行动就是另一回事了。

那你既然这么爱她，就该不顾世俗，抛弃所有，大胆去追求她。

大钱坚定地摇了摇头，马山你还没结婚，等你有了家庭，尤其是有了小孩你就不会这样想了。

爱情与婚姻是两码事，在我看来，婚姻只不过是一种需要履行的契约责任，而爱情则要简单得多。它就该是你第一眼看到浙江姑娘那样，回忆四溢，天雷地火，时间静止，那一刻，你的眼里，天地之间有且只有她一人。

大钱斜侧着身子，嘴巴半张，欲言又止，仰视我，一脸不可思议。

我朝洗手间走去，背后传来大钱的声音，你不觉得马伊娜也有点梁咏琪的味道吗？

我怔住，一瞬间似乎全都明白了。我回过头对大钱说，既然你这么喜欢梁咏琪类型的姑娘，那你还不如干脆去香港追她本人得了，据我所知她尚未结婚。

大钱忽的一下从躺椅上弹起，接着挠了挠头，略带羞涩地笑了。

八

大钱的太太小廖和大钱算得上是青梅竹马。还在上小学时，大钱就知道了低他两级的小廖，而小廖却不认识大钱。小廖的爸爸也是煤矿主，只是生意做得没有大钱父亲那么大。而县城就那么大点地方，又是同行，山不转水转，两个人很快就在酒桌上相识，喝了几顿大酒，彻夜长聊几次，知心人话投机，没多久就互以兄弟相称。

二十世纪八十年代末期，大钱、小廖的父亲秉着有钱一起赚的朴素想法，集中所有的人脉资源和现金，联手做了几笔令人瞠目的大买卖，一举奠定了他们在江湖中的地位。但友情归友情，两个人自始至终都是各自经营打理旗下的产业，并未像人们期许猜测的那样强强联手，合并成集团公司。不过两家人时常互相走动，节假日更是相约聚餐或一同出游。大人们聊天谈事，孩子们自然就玩在一起，久而久之，大钱和小廖就这样相知相识相熟了。大钱谈不上多喜欢小廖，但也不至于讨厌，更多只是把她当作妹妹看待。少年时期的大钱当然爱上过不少姑娘，比如虚无缥缈的梁咏琪以及长得有几分神似她的马伊娜，到头来都只不过是青春期的一场梦。直到大钱的父亲去世，二十出头的大钱以长子及法定继承人的身份从澳洲匆忙飞回来料理后事的某一天，大钱的母亲以及小廖的父亲分别单独找大钱谈话，希望他能尽快和小廖结婚，说这也是大钱父亲的遗愿。这之前大钱已有四五年没见过小廖，不知道她是否还在读书，变成什么模样，有怎样的性格和爱好。尽管如此，大钱还是很爽快地应下这门婚事。

半年后，大钱家族在其县城举办了规模最大、档次最高的一场婚礼。直到今日还有人津津乐道大钱婚宴的奢华：烟是软中华，酒是茅台酒，由各种品牌豪车组成的迎亲车队浩浩荡荡有二十多辆，一眼望不到头。县电影院前的广场上，流水席开了两百桌，摆了三天，无论男女老少，不用礼金，只要道声喜，坐下便能吃饭。最令人吃惊的是，担任婚礼司仪的是从北京请来的某知名相声演员，证婚人则是省级官员。那些平日里在电视上才能看到的过气歌星竟活生生出现在眼前，站在用几块铁皮板拼凑搭建的临时舞台上，任凭台下宾客们大声喧哗、喝酒划拳，十分敬业地唱着上世纪九十年代中期的流行歌曲，为大钱的婚礼助兴。

平心而论，小廖长得不算难看，若化化妆、好好打扮一下，也称得上是美女。我只见过她两次。一次是大钱带我参观他北京的家，碰见小廖正协助保姆给小孩换尿布，见我进门，冲我微笑点头，转身就抱着啼哭的婴儿去了卧房，再没出来。还有一次是大钱喝醉，深更半夜我送他回家，小廖不但没生气，反而过于客气地一口一句"谢谢，给你添麻烦了"，她吃力地和我一左一右将大钱扛上楼。

小廖个儿不高，很娇小，属于那种时刻都散发出浓郁母爱的贤良型女人。她本科毕业于一所三本大学，学的是经济法专业。我调侃大钱，说你们是绝配，万一哪天生意上遇到麻烦，嫂夫人亲自出马，都不用花钱请律师。大钱不以为然地摆摆手，用不着她抛头露面，她在家带好孩子就好。事实亦如此，定居北京后小廖就没出门工作过。她心甘情愿地成了全职太太，生活重心完全放在孩子身上，每周都会准时带着不满三岁的儿子参加各种收费昂贵的早教课程，月末去朝阳、海淀那几套自己名下的房产收房租，偶尔会为北京户口心烦，担心房产税的来临。

九

因一场轰轰烈烈的煤企改革，大钱家族经营二十余年的煤矿被国企兼并收购。大钱并不像其他煤矿主那样愁眉苦脸、忧心忡忡，他反而像是得到了某种解脱，出售了部分股权，并将董事长的位子让给伦敦政治经济学院学成归来的二弟，然后举家北上。

初到北京时，大钱并没确定下一步投资方向，他时不时约我陪他去见各种人。这其中有尚未入流的北漂导演，能耐不大，野心不小，夸夸其谈；还有自命不凡、神秘兮兮的中年男子，张口闭口都是大人物的名字，暗示自己是"皇亲国戚"。来北京这么多年，这种嘴上说得天花乱坠，真正办起事来严重不靠谱的人我见得太多了，而大钱，即便对方说得再离谱，他还是温文尔雅地颔首微笑，间或提问，知性得好像谈话节目主持人。我不止一次提醒他，那些人个个都是老油条，没有一个不是想骗他钱的，千万别头脑发昏，交昂贵学费。大钱笑着拍拍我的肩，不做解释，就又开动他的路虎车奔赴下一个饭局。

我最近一次见到大钱是在2012年夏天，这之前差不多有大半年没有他的消息，只知道他去了南方，具体做什么不是很清楚，他不说，我也就没多问。大钱走后我又恢复原有的生活，日复一日打卡上班，熬夜写稿，轻易会喜欢上一个姑娘，但很快又会失去爱情。我从没幻想过能成为像大钱一样的有钱人，只希望能早一天买得起房，扎根北京。

盛夏某个周五的傍晚，我的手机上显示了一串久未出现的号码，是大钱，他说他早上到的北京，现在在我单位楼下。

晚上有没有空，找个地方一起喝一杯。他的声音沙哑，听上去略显疲惫。

大钱剃了个寸头，晒黑不少，胸前一块翠绿的玉佛引起我的注意。大钱说这是在香港，当地朋友引荐的大师赠给他的。大钱从这块玉佛说起，给我讲他在南方这一年的经历。我委婉地向他求证朋友圈里传言他在东莞投资 LED 显示屏被人设计下套而导致亏损的事，大钱坦然承认，吐着烟圈，慢慢悠悠地说，没事，都过去了，两千万看清一个人，值。

不怕你笑话我，钱对我来说真的只不过是数字而已。说到底，钱无非是能满足人的各种欲望，钱越多，欲望越容易满足。可是钱再多也有个数，而欲望无极限。

你完成一个梦想，很快又会有新的梦想冒出来，这就是人生，生命不息，折腾不止。大钱干了一杯酒接着说，这两年基金股市不景气，餐饮酒店等服务业对我已没有吸引力，我不想像我爸我叔那样活一辈子，挖煤，采煤，运煤，卖煤，钱是不少赚，却一点意义也没有，那不是我要的生活。虽然 LED 显示屏投资我赔了，可我至少明白了这一行是怎么一回事，这也就够了。现如今我最看好林业项目，我在广西承包了三十万亩林场，种桉树，可产纤维板，给纸厂生产纸浆。

大钱流露出只有在谈论 AC 米兰队时才会有的兴奋表情，他解开白色阿玛尼衬衫最上面的两颗纽扣，任汗水从脖颈流淌至胸口也不去擦，毫无保留地说着他对林场的投资计划。

我们家挖了这么多年煤，现在我来种树，算是弥补，为生态平衡可持续发展做点微薄贡献。大钱不和我碰杯，猛喝干一大杯冰镇扎啤，持续地打着酒嗝。

那一晚，在胡同深处的新疆小酒馆里，空酒瓶一地，最后究竟喝了多少瓶我记不清了，总之我和大钱都醉了。他抬起手腕看表，我随口夸他的百达翡丽好看。喜欢吗？喜欢送给你。说着大钱将表摘下来非要送我。

我受宠若惊地说，大钱你喝多了。

大钱手一挥，你喜欢就戴着，一块表嘛，又不是什么，就当作个纪念吧。

这话说的，又不是再也不见了，做什么纪念？

大钱不理会我，如同执行命令的士兵，硬是一丝不苟地把表戴到我手腕上。

一语成谶，那夜之后我再也没见过大钱。偶尔能收到他的节日问候短信，平日里就只能通过他不常更新的微博知道他人在何处。大钱的行踪飘忽不定，今天还在广西林场，明天就身在越南，后天又飞回澳洲家中。他没再来过北京，也没回过老家。

巧的是，上个月，我去香格里拉酒店参加马伊娜的二婚婚宴，当穿着洁白婚纱一脸幸福的马伊娜和她那马里兰大学生物系教授的美国丈夫互换婚戒时，我刷新看到大钱于十秒前@我的微博。照片上，大钱戴着硕大的墨镜，赤裸上身，背对湛蓝海面，做展翅高飞状。他配图写道：我在意大利，托斯卡纳，这里盛产顶级葡萄酒，有好吃的海鲜，还有令人心旷神怡的碧海蓝天，以及久违的自由。

热得快

刘文华

一

因为十一放假,单位每天安排一个三人小组值班。往年安排过四人组二人组的,前者容易凑一起酗酒聚赌,后者容易凑一起瞎嘀咕,赶上谁有事嘀咕不成了,一个人又没个照应,所以办公室今年搞改革,三人一组。三人一组是否也有三人一组的意外,这得等问题出来,来年再改革。改革么,就得摸着石头过河,走一步说一步。

10月4日这天,带班领导是副局长钟雨,成员是夏小蕾和房上燕两个人。当初办公室主任马前程送排班表给女局长路虹过目时,钟雨正好也在她的屋,路虹一看就乐了,开马前程的玩笑说,老马识途老马识途,越来越会拍我们钟局的马屁了,两个美女,左拥右抱,你这哪是叫他值班,分明是开小灶了么。

又说,你干脆给我也排个班吧,不给我配两个小帅哥我不跟你拉倒。

爱美之心人皆有之,两个人都笑了。马前程一走,路虹对钟雨说,你值班时正好留心一下她俩,拿个意见出来,过罢十一就组织一次竞聘演讲活动,别耽搁人家年轻人的前程。

夏小蕾房上燕是同一年分来的大学生,表现得都还算优秀,班子里正准备从她俩之间提一个进入中层。因为条件相当,对她们是个考验,对钟雨也是。钟雨分管人事,但也只能像路虹说的那样,拿个意见,决定权还在她老人家自己手上。既要兴师动众搞竞选,又要预先拿意见,嘴上还说别耽搁人家年轻人的前程,都是路虹惯走的路数。她内心里有没有倾向性,倾向谁,她还没说,钟雨的意见就不能乱拿,得跟一把手保持一致哩。

就前两天的情况看,这次三人一组的值班改革是成功的,没出什么不测。钟雨当然不希望自己带班的这天破例,踩着点来到约好碰头的单位门口,谁知俩美女一个也没来,倒跟胡子年纪一大把的看门的老岳头碰了个照面。老岳头关上伸缩门,等钟雨在院里泊好车,主动跟他碰头说,钟局长以身作则,比当兵的还准时哩。

老岳头这样一说,钟雨确信那俩人还没来,掏出烟来让老岳头吸。老岳头一看是中华烟,还是软的,慌得掏火柴,分别给他和自己点上,美美地吸了一大口说,我就经常给儿女们说,越是大官越没架子,像人家钟局长,最能跟群众同甘共苦,与群众打成一片哩。

一支烟就能收买一颗人心,也是富于中国特色的民情。中国干群关系之所以鱼水情深,牢不可破,就在于咱们的老百姓仁义厚道,一般不会像西方一些国家的民众那样,动辄吹毛求疵,质问你这支烟里有没有他的一缕烟丝。这也不是老百姓集体无意识,就算觉醒了又怎样，说来说去不过一小缕烟丝，人家却还来一整支烟，既得了面子，又得了实惠，明显是一本万利的好买卖，嘴上再不卖个乖就太说不过去了，礼尚往来么。而对于人家官员，一支烟不过一盒烟的二十分之一，一条烟的二百分之一，自然也乐得取之于民用之于民。这就互惠双赢，皆大欢喜了，干群关系得到进一步巩固。

钟雨笑笑，站门口跟他闲话。老岳头原本就话多，好烟一熏话更多了，天气，股市，金融危机，黄金周经济，利比亚战争，钓鱼岛撞船和温州动车追尾事件，夹叙夹议的，一会儿说了一大堆。

钟雨说，老岳你不得了，知道的比我都多。

老岳头弹弹烟灰说，位卑未敢忘忧国么。

钟雨想再笑一下，但实在没心情，他哪是要跟他闲话，只不过在拖时间，借以等等夏小蕾房上燕。人都说不定有什么事，迟到个三五分钟的，也没什么大不了。

说着话过了一刻钟，钟雨不好再拖了，也没耐心了，想打个电话问问那俩人怎么回事，一摸兜才发现手机忘带了，难怪她们人不来电话也不来一个。

钟雨觉得连楼也不上就回家取手机不妥，用门岗上的电话让家人送手机来也不妥，没必要给一个饶舌的门卫留下丢三落四的话柄，兀自堵住老岳头的话头说，是不是还得在你这里签个到？

老岳头也才想起这个事似的，忙去屋里拿出签到表，又拿出笔说，马主任再三交代，谁到谁签字，我不敢代劳。钟局长您亲自捉刀吧。

门岗这一块属后勤，归办公室管。很显然，马前程当初把签到表放他们这儿时就赋予了他们监督的权力，所以他才这么说。

钟雨找到自己的名字，临签字又瞟了眼门外，尽管没看到有人来，一思忖还是把夏小蕾房上燕的名字也签上了。她俩在节骨眼上呢，谁都经不起一丁一点的不良记录，都签上，钟雨持的仍然是一碗水端平的态度。老岳头张了张嘴，钟雨又塞给他一支烟说，不过是值个班，这俩丫头却慌得跟赶集似的，一大早就给我打电话，结果起早赶晚集，到这会儿还在路上。你说咱这城市也没大到哪去，咋还到处堵车呢？

老岳头张着的嘴巴变了口型说，钟局长的字真好，跟书法一样。

钟雨说好了，你在，我上去了。

二

钟雨上楼，进屋，摸起电话，还没想好是先给夏小蕾房上燕打，还是先给自己家打，走廊里传来一阵由远而近的跑步声，接着探进来一个牛仔裤衩穿在半截裤外边、蕾丝披肩罩在小褂外边的女孩儿，是夏小蕾。钟局长，夏小蕾一手扶住门框，一手掠着飞扬的长发说，我给你报个晚到。

来了就好，钟雨松了口气说，我也是刚到。

领导不批评我就好，夏小蕾也舒了口气，扒拉着胸口说，要不我准得哭鼻子。我自行车爆胎了，想给你打个电话，可能要晚一会儿来，谁知是嫂子接的电话，说你手机在充电，忘了拿。我想你当领导的，不知多少人找，我反正是晚了，就截了个出租车，绕道你家给你取手机去了。喏，这一路上，你的手机还真没消停过，一会儿电话一

热得快 | 235

会儿短信的，不过我可一个没接一个没看哪。

钟雨接过手机，果然看见一串未接电话未读信息，也没急着查看，笑了下说，没事的，又没什么秘密。不过真得谢谢你小蕾，我正着急呢。看着夏小蕾汗津津的脸，想她和自己不在一个方位住，她自行车爆胎了，又这样绕来弯去的，至少要多赶三五十里冤枉路，钟雨又说，你把车票给我吧，我回头叫财务上给你报了。

报什么呀，夏小蕾说，我都慌得忘了要票了。也谢谢领导，我看见你给我们签过到了。

举手之劳，钟雨说，不用谢，还是觉得欠你多，中午请你吃饭吧。

那我就赚了，夏小蕾雀跃地说，我神机妙算，早晨正好没吃饭，这下可以狠狠宰领导一顿了。

又说，对了，燕儿姐一放假就和她老公去海南旅游了，原计划今天能赶回来的，不料飞机误点耽搁了行程。她联系不上你，让我替她请个假，你准了她吧，我们好姐妹哩。

几千里路呢，不准又能怎样？但夏小蕾眼巴巴的，钟雨看着都有些心疼了，觉得这女孩子真不错，这年头，能处处为别人着想的人不多，不揩单位油的人更不多，也没管路虹倾向谁，也端不平那一碗水了，内心里径直投了夏小蕾一票。

这时他瞟了眼手机，看见多半未接电话未读消息都来自房上燕的手机号。好容易逮住个亲近领导的机会，她在短消息上说，不成想被一场大雨给泡汤了。又在另一条短消息上说，下次再该他们三个人值班的时候，她一个人值，作为补偿，再给领导捎点小礼物。

钟雨知道房上燕两口子是新婚，新婚燕尔，自然乐不思蜀，要把黄金周当蜜月过了,就笑了笑,抬起头来说,也没事,他们小两口能玩好就好。

又说,小蕾你假期里没去哪里玩啊?

好容易逮住个亲近领导的机会,夏小蕾说,我才不舍得出去哩。钟局长你也没出去啊?

钟雨一愣,她跟房上燕说的话,居然如出一辙,看来只在党委会上议过的事,她们已未卜先知了。钟雨觉得事情趋向复杂了,觉得人心不古,不古到机关核心了,自己只想着保护人家,却在走漏风声上慢了半拍,连透个口信的人情都没赚到,一边寻思着怎么给房上燕回个信息,一边接过夏小蕾的话茬说,我也是难得跟美女一起值班,不舍得出去啊。

两个人都笑了,说好有事通个气。值班室在三楼,钟雨的办公室在二楼,钟雨见夏小蕾一直在门口站着,就说你老站着干什么,进来坐呀。

来得够晚了,夏小蕾犹豫了一下说,我还是去值班室吧。

三

说是值班,其实也真没什么事,不过是接个电话做个记录什么的。作为带班领导,钟雨就更没什么事了,翻了几张报纸,喝了几杯茶,跟一帮熟人打了一通电话,就打开电脑,与一个网名叫一见你就笑的女棋手下围棋。

一见你就笑的水平很臭,但嘴巴子很甜,钟雨每吃她一个子儿,

热得快 **237**

她就打出一行字说，好哥哥叫我回一步吧好哥哥。两个人一边聊天一边对弈，越来越比赛第二友谊第一的当儿，屏幕却一下子黑了。

电是十点多钟停的，雨是什么时候下起来的，钟雨一无所知。一开始钟雨以为电脑死机了，但按了按屋里的几个开关，无论空调还是饮水机都没一点反应，而窗外电闪雷鸣，大雨滂沱，这才猜测电路可能叫猛烈的风雨给破坏了。都说网上的世界靠不住，不承认还真不行，刚才还面对面的美人儿，这不说没就没了。面对着黑下来的屏幕，钟雨觉得自己有点失职，再怎么说考察干部也是一桩严肃的事，关系到局机关的梯队建设，也关系到人家年轻人的成长进步，夏小蕾房上燕今天不在一个公平的环境里，他就贸然投了前者一票，是不是太注重表象，有待进一步考察呢？

钟雨往门岗上打电话，老岳头也说电路可能被风雨破坏了，他正在跟电工联系，还没联系上。放假放得谁都不好联系，钟雨有点没着没落的，点了一支烟，在屋里兜了一会儿圈子，思忖着给夏小蕾打电话说，小蕾你忙什么呢？

夏小蕾说，我刚才没事算命玩儿，这会儿不知干啥好了。

结果怎么样，钟雨说，算出好运气了吗？

网上说我命犯桃花，夏小蕾说，还没找到破法呢，电就停了。

交桃花运多好啊，钟雨说，换了我才不舍得破哩。

夏小蕾在他耳边嘻嘻笑着说，是吗？顿了顿又说，钟局你饿了吗？

钟雨说，你一说我也饿了，雨小一点了我们就出去吃饭。说吧，想去哪吃？想吃点啥？

我早想好了，夏小蕾说，难得跟领导共进午餐，地儿可以由你定，吃啥得叫我做主，啥好吃我吃啥，可不许心疼呀。

钟雨没那么小气，咋说也干到副处了，但老天爷不解风情，雨没小，倒越下越大，两个人也越说越饿了。钟雨想起她没吃早饭的事，拖着电话线拉开一个柜子的门，见有袋装火腿桶装方便面什么的，就说你那里有开水吗，要不我们先泡碗面？

那你上来吧，夏小蕾说，我这儿有热得快。

钟雨一时没反应过来热得快是个什么东西，但"你上来吧"这几个字听得很清楚，忙搁下电话，拐弯抹角上到三楼。值班室的门半开着，夏小蕾刚从厕所里接来一大暖瓶水，正往里面搁一个老式的烧水工具，也就是她说的热得快。因为导线短，够不到墙上的插座，夏小蕾把暖瓶放到一把椅子上。别看这家伙老，夏小蕾摁下电源开关说，可烧起水来快着呢，一会儿就好。钟局你坐。

钟雨没坐，只是有些迷瞪地说，你这儿没停电吗？

钟雨一说，夏小蕾也迷瞪了，接着嘻嘻哈哈地笑起来，笑得花枝乱颤，直不起腰来。眼看着夏小蕾笑得东倒西歪，钟雨随手搁下东西，又随手关上门，再随手扶她一下，免得她笑倒。

夏小蕾倒没到可以笑倒的地步，但还有点不甘心，一手捂着肚子笑，一手抽动着热得快说，敢情这家伙热得再快也需要电啊。

其实钟雨也犯过类似的错误，明明知道是星期天却又开着车去上班，明明知道把门锁好了却又忍不住上楼去察看一遍。但是此刻，他的注意力已不在此，夏小蕾原本穿的就是低胸小褂，弯着腰一笑，局部的奶子和深刻的乳沟飞来眼底。要说钟雨也到知天命的年纪了，但依然见不得女人的胸口，年轻漂亮女人的胸口，尤其见不得，就像那个虚幻的美女一见你就笑一样，他一见女人的胸口就想钻进去，纵使

热得快 | 239

明知再深的胸口也深不到哪去，然而其神秘莫测的形状，足以叫他顷刻间迷失。而且，而且那个水汪汪的暖瓶和那个有一大段铜管的东西，也太叫人浮想联翩了，仿佛一个性能更好的烧水工具，只要置身于电磁场环境，钟雨就能自行发电，并迅速转换为热能，忍不住痴痴地叫了声，小蕾。

夏小蕾抬头看见钟雨直勾勾的眼神，脸一红住了手，也住了笑，下意识地瞥了眼胸口说，钟局你讨厌，干吗跟个色狼一样看人家啊？

也许，这以前的一切都算是逢场作戏，但这一句话，则使已有些危险的游戏急剧升温，刹那间改变了性质。不用说，夏小蕾并没做好献身的准备，甚至都没想过要献身。她这个年纪的女孩子，是看着《猫和老鼠》的动画片长大的，看上去整个儿没心没肺，却精明，俏皮，一颦一笑间洋溢的全是小资女性的小手段和小机智，自以为艺高人胆大，敢冒险走钢丝，即便演绎不了空手套白狼的传奇，也要过把杰克逗汤姆的瘾，玩的是心跳，是打擦边球，是有枣没枣划拉一竿子，虽没把献身看得多了不起，但还是不愿真的玩献身。成天出没周旋于机关，她们已积累了相当丰富的行为艺术经验，长袖善舞，擅长四两拨千斤，大不了声情并茂地发个嗲，抛个媚眼，便使局面转危为安化险为夷了，再伺机徐图就是。但是，那只猫明显蠢过头了，也不是每一种颜色的狼都像白狼那样好套，有些娇撒不得，有些真相说不得，一说就扯了皮，就揭了底，就没法掖着藏着了，结果引狼入室，授人以隙，叫人家一口叼住胸口不算，还振振有词地赖上她说，小蕾你嘴巴子太厉害了，说得人家都没脸见人了。

没脸见人就把脸埋到人家怀里，这算哪门子逻辑？接下来的过程中，夏小蕾不是太配合，中途往门口拐了个弯，叫钟雨抢了先，搂着抱着把她拖到沙发上。沙发有点老,这里凸一块,那里凹一块,两个人一坐上去,弹簧就吱吱嘎嘎响。

钟雨环顾着陈设简陋的值班室,心想上班了得拨点经费,好歹装潢一下,饮水机可以不添置,至少得换个好沙发,再找由头配张床。他的办公室不光有床,还客厅卧室卫生间齐全,足不出户就能洗浴如厕。

夏小蕾很快给挤到了沙发角落里,衣衫也有些不整了,但还不肯缴械就范,一会儿说,这是大白天呀;一会儿又说,这是办公场所呀。

钟雨一时把握不了这个小女人的心思,试着动员她去他的屋,好像他的屋里有黑夜,并且不是办公场所似的。那里宽敞些,他说,也舒服。

我不稀罕。夏小蕾说,谁知你跟多少女人在那里舒服过,我嫌脏。

脏什么,钟雨热得面红耳赤了,有点弱智地说,不脏的,再说那能洗澡呢,脏了就洗。

那我还要值班呀,夏小蕾说,有人查岗怎么办?

四

夏小蕾话音未落,桌上电话铃响。钟雨示意夏小蕾别接,夏小蕾一开始好像也没打算接,但那个电话有个自动报号功能,它一说出那串来电号码,夏小蕾冷冷笑了声,她不去他总统套房一样的屋,仿佛就为了等这个电话似的,一个鲤鱼打挺甩开钟雨,半跪半趴到沙发扶手上摘听筒。

电话是房上燕打来的,问她这边下雨没有,单位有事没有,有人找她没有,有要她捎带的东西没有。

夏小蕾一一作答,不厌其详,一如平常煲电话粥一样。不排除这个电话有查岗的嫌疑,但却推波助澜了事情的走向,既给钟雨卸去夏小蕾的衣服提供了契机,也使夏小蕾基本放弃了抵抗,或者说,它恰到好处地保全了夏小蕾不抵抗的面子。她一手举着话筒,一手打着手势,顾不上管他。再退一步说,就算她分身有术,腾出一只手来拍打他,腾出一只脚来踢打他,那头不察觉动静了?

夏小蕾显然不想叫对方察觉什么,被骚扰终归不是一桩多风光多体面的事儿,故只在紧要处左扭一下身子,右扭一下身子。她的扭动大约有摆脱的意思,也是帮了倒忙,非但没摆脱,倒叫人家看清楚了不多几件衣服的拉链在哪,扣眼在哪,结头在哪,机关在哪,一个电话还没打完,钟雨就扶着她坐到他身上了。

曲里拐弯的电话线被拉长到极限,钟雨一边忙活一边听见房上燕说,钟局那屋里怎么没人接电话,他不在吗?

夏小蕾说,他不在了吗?我下去给你看看。

钟雨哪舍得她下去,慌得手脚并用,使劲箍住她。好在房上燕也不想叫她下去,忙说看什么啊,我随便问问。听说那老家伙有点色,弄不好他正跟哪个相好的温存呢,你别搅了人家的好事。

在办公室也敢啊,夏小蕾望着钟雨捂在她胸前的两只手说,可真够流氓的。

怎么不敢,房上燕说,色胆包天哩。那么大一个屋,正好藏污纳垢哩。不过也没准是打牌钓鱼桑拿去了,没听人家说吗,越是管人事的越不干人事,他走时也没给你吭一声?

可能害怕我不批准吧,夏小蕾绷着脸幽了一默说,他去哪儿没向我请示。

狗日的当官的就是比我们逍遥,房上燕在电话那头笑了说,想擅离职守就擅离职守。

夏小蕾原本是被动地起伏着身子的,此刻不由加大了抑扬顿挫的力度,声音也陡地高亢起来,谁说不是,她突然有些悲壮地说,只有我们当兵的得死守岗位啊。

岗位一说已够形象逼真活生生了,还要死守,钟雨险些笑出来,夏小蕾扭头瞪他一眼,他才没敢笑。房上燕又说,守啥守,他能走你也能走,反正你一个人跟他值班得当心点儿。对了,你想要点啥啊,要不我自己做主给你挑个礼物。

不说了不叫你花钱吗,夏小蕾说,我倒想叫你从海边捡点贝壳来,我想拿它们穿个手链戴着玩儿。

没问题。房上燕说,我多捡点,到时咱俩一人戴一个。

还是燕儿姐好,夏小蕾隐约拖上了一点哭腔说,谢谢你。

你怎么了,房上燕说,怎么跟我也说谢了。

没怎么,夏小蕾说,就是觉得你好不容易出去一趟,还想着我。

看你,房上燕说,咱姐妹俩谁跟谁啊。

夏小蕾说是,咱姐妹俩谁跟谁啊。

知心话儿说到这,姐妹俩才意犹未尽地收了线。钟雨本想趁机换个姿势,忽然听见一个有些陌生的声音说,钟雨。

钟雨唬一跳,以为有人闯进来,见门关得好好的,窗外闪烁着雷电的光芒，确信没别的人，才知是夏小蕾喊的他。不过一个上午的时间，夏小蕾给他的称呼就变了三次，由钟局长到钟局再到指名道姓的钟雨，叫他心里隐隐有点儿不适，可想想自己都屈驾到人家屁股底下了，再让人家尊着敬着也不现实，索性嬉笑了脸说，小蕾，你觉得好吗？

夏小蕾没跟他谈感觉，只是幅度很大地转过来身子，左手抹了一把泪，右手又抹了一把泪说，人家打电话呢，你捣什么乱啊？还脱这么干净，羞不羞啊？

钟雨永远理解不了夏小蕾这一类的女孩子，即便现在这样亲密无间了也理解不了，不说她们的内心活动多丰富，就是表情，生动起来的时候，都能东边日出西边雨哩。他刚才把她们的电话当成了背景音乐，不知她是啥时候哭出泪来的，见状心里疼了一下，要找东西给她擦。夏小蕾兀自摇摇头，拨拉开他的手说，别假惺惺了。我问你，知道下面的人怎么说你了吗？

钟雨从她一只乳房上拿出嘴说，知道了。看看此刻的体位，又从她另一只乳房上拿出嘴说，也知道上面的人怎么说我了。

夏小蕾也扑哧一声笑了，拧了一下他鼓囊囊的腮帮子说，还有脸贫。

五

有了这么一个小插曲，美人儿又破涕为笑了，平添许多情趣，钟雨开始卖力地工作。钟雨工作一向很卖力，从基层一个穷乡的宣传委员一路摸爬滚打过来，不卖力根本走不到今天这个地步。但大小单位换了十来个，强势的女领导占了多半成，如今年龄快到站了，又遇到一个比男人还会玩权的路虹，叫他隐约有点迷信，但凡做爱，一般不在女人下面做，仕途上做不了主，床上还不能驰骋么。他先前慌不择路，此刻虽觉得夏小蕾面对他已比背对他要好，但还心头耿耿，意欲颠覆一下秩序，打上一场翻身仗。怎奈沙发不是床，夏小蕾也不是那种娇惯他的女人，由着他蹬鼻子上脸。虽然她当初叫他上来不一定就是为了此刻把他骑到下面去，但她有她的分寸，有她内心要坚守的底线，这也是务实的夏小蕾最为务虚的一点，说到底，人还是要有一点有所让步有所不让步的小脾气的，要有一点有所妥协有所不妥协的小原则的。至于很可能是这点虚无主义的小脾气和小原则最终要了她的命，那是另一回事。你别恁些毛病了，她磕马镫子一样地磕了他一下说，爱做不做，快点儿。

夏小蕾连遛马的心情也没，她还迷离恍惚若有所思的，入戏有点慢。这使游戏多少违背了规则，两个人的活动变成一个人的攻坚战，钟雨有种宿命的感觉，偷情偷出又一任女领导来，忍不住炰蹶子，打摆子，英雄气短中使出不少横劲，以至于沙发乱晃，墙壁地板直响。鏖战正酣之际，另一些事物也在马不停蹄地运行，至少，被忽略太久的暖瓶比他们更先抵达沸点的状态。夏小蕾背对着它，钟雨满眼里都是夏小蕾晃来荡去的长发和奶子，纵使换个体位也不见得就能顾得上发现什么，而如果不换，则彻底丧失了发现什么的几率，他们旁若无它，也难怪它要不耐烦了。

不耐烦的暖瓶骤然爆裂，烧得沸腾的热水裹挟着玻璃碴子迸溅开来，白花花雾蒙蒙一片。两个人如遭霹雳，从沙发上摔倒到地上，一地滚烫的流水和碎玻璃,尤叫他们猝不及防。只不过一个小小的热得快,但你实在说不出它究竟蕴藏着多大的能量,在这之前,或之后,又或与此同时,椅子翻倒,斜对面的电脑显示器四分五裂,随着一团炫目的火球蹿上屋际,那个红得发紫的铜管也像发射的炮弹一样呼啸而出,不偏不倚地撞到头顶的灯棍上,接着俯冲下来,又烙铁似的滚过他们的胸膛,所到之处,肌肤皆熟,哧啦乱响。灯棍是办公场所常见的那种,六十瓦,双排,应声破碎中,稀里哗啦地泼洒下来。据说伤口上经不起撒盐,大约更经不起撒比暖瓶碎片还要尖锐锋利的灯棍碎片,两个光溜溜的身子饱受重创,像镀上了水银似的,贴上了鱼鳞似的,闪闪发光。总是次生灾害更致命,人们看见他们的时候,他们已含恨九泉,一个比一个更像玻璃人儿。

　　一支烟还是收买不了一颗人心,钟雨还是给看大门的老岳头留下了话柄,也怪不得他饶舌,他原本就话多,懂的又多,因而他另有一说,叫我看,那种状态遇到那种意外,惊吓也能惊吓死。

　　电说停就停,也说来就来。尽管钟雨自己会发电,热能转化得也够快,但跟真正的热得快比起来,到底不能比,他还没把夏小蕾这壶水烧开,它就把那只装满水的暖瓶烧爆炸了。

图书在版编目（CIP）数据

飞行酿酒师/须一瓜等著.-上海：上海文艺出版社.2016.5
("我们的城市"短篇小说系列丛书)
ISBN 978-7-5321-5856-0
Ⅰ.①飞… Ⅱ.①须… Ⅲ.①短篇小说-小说集-中国-当代
Ⅳ.①I247.7
中国版本图书馆 CIP 数据核字（2016）第 091303 号

出 品 人：陈　征
策　　划：郑　理
责任编辑：李　霞
封面设计：钱　祯

飞行酿酒师
须一瓜 等著
上海世纪出版集团
上海文艺出版社 出版
200020 上海绍兴路 74 号
上海世纪出版股份有限公司发行中心发行
200001 上海福建中路 193 号 www.ewen.co
苏州文艺印刷厂印刷
开本 890×1240 1/32 印张 7.875 插页 2 字数 178,000
2016 年 5 月第 1 版 2016 年 5 月第 1 次印刷
ISBN 978-7-5321-5856-0/I・4677 定价：33.00 元

告读者　如发现本书有质量问题请与印刷厂质量科联系
T：0512-66063782